寻找自己的归途

陈应松 / 著

重慶出版集團 重慶出版社

图书在版编目（CIP）数据

寻找自己的归途 / 陈应松著 . —重庆：重庆出版社，2022.2
ISBN 978-7-229-15990-0

Ⅰ.①寻… Ⅱ.①陈… Ⅲ.①随笔集—中国—当代 Ⅳ.① I267.1

中国版本图书馆 CIP 数据核字（2021）第 168661 号

寻找自己的归途
XUNZHAO ZIJI DE GUITU
陈应松 著

责任编辑：陶志宏　张　蕊
策　　划：白　翎　玉　儿
特约策划：王万顺
责任校对：朱彦谚
装帧设计：璞茜设计

**重庆出版集团
重庆出版社** 出版

重庆市南岸区南滨路 162 号 1 幢　邮政编码:400061　http://www.cqph.com
书情文化工作室制版
天津行知印刷有限公司印刷
重庆出版集团图书发行有限公司发行
E-MAIL:fxchu@cqph.com 邮购电话：023-61520646

全国新华书店经销

开本：787mm×1092mm　1/32　印张：9　字数：174 千
2022 年 2 月第 1 版　　2022 年 2 月第 1 次印刷
ISBN 978-7-229-15990-0

定价：52.00 元

如有印装质量问题，请向本集团图书发行有限公司调换：023-61520678

版权所有　侵权必究

目录

人生如水,静水流深

愿生命如流水一般,度过的每一个日夜,都能不被世事所束缚,奔腾不息,自由洒脱。

水的传说 -003

簸箕饭·山栏酒 -008

滇池散笔 -014

大地的火把节 -030

仙来抚仙湖 -034

重读利川 -047

天涯听海 -055

寻找自己的归途

人出去,最终会回到以往。走得越远,越想回到过去。

河西走廊行 -065

云南片断 -088

天山之南 -102

沿着天山 -146

古今如梦，何曾梦觉

古今如梦，谁人不是天涯倦客？

大地的哈达 -169

抚州古村 -175

汉风凛冽 -181

天籁响处白塔村 -187

田野上的石兽 -194

香巴拉的稻城亚丁 -206

竹之刻 -217

人生三千事，淡然一笑间

不困于情，不憾于心。无悔于生命，充实于生活。平和于心态，守一份心净。

给自己一份淡然。

生存经验 -229

打人的忏悔 -231

感谢别离 -235

论本性 -238

论崇高 -240

论往事 -242

家的召唤 -244

从船工到学生 -247

舞台 -251

说过年 -255

铜钱与乡愁 -262

通往县城的路 -266

写作的另一半 -269

在书房 -274

油菜花 -279

人生如水，静水流深

愿生命如流水一般，度过的每一个日夜，都能不被世事所束缚，奔腾不息，自由洒脱。

水的传说

远山青青，春烟迢迢，赤水蒙蒙。

有一股神秘气息蒸腾在这逶迤一线的地方，有什么正在暗示我，有酒的醇厚。有香味。不是那种浓香，不是轻浮的香，不招摇，很深，好像蓄谋已久的，很厚。有的东西就是厚的，很厚，宽阔，神秘，深藏不露，但又无处不在。是的，不会张扬，自然而然，很低空的、渗透的、感染的，或者有可能在土里涌动的。像蚯蚓，像三月沉重的苏醒，像根在延伸……我喜欢这样的气息，纠缠着人们，在天地间四处扩散，仿佛嬉戏和梦游。我想起可能有一个千年的隐士，有一个得道的高人正在这儿。是的，我突然想起，是一种称之为水魂的东西。是神灵。

水淋淋的。它爬上岸来。

我喜欢这样的水。虽然我不胜酒力。

生活充满艰辛悲痛，而酒化解了这一切。像春烟弥漫在天地之间，弥合了一个巨大的空洞，将现实与梦境、神话与生活混沌连接起来了。这也许就是古人说的天地有厚德吧？

是的，让我心生涟漪，还有一种兴奋，一种对冰与火的投入与期待。虽然，你可能对这浓烈的气味有畏惧，但有刺激，有诱惑。循着什么进入？水在明白无误地流淌着。是一条河？是的，就是它，在茫茫天地间，可能我们只能通过这条河来找到它的源头。它代表了水，又不是水。是水的精粹，水的灵魂。有水的外形，但不是水，是借水的形体来完成它的野心，是水的辉煌的巅峰，水的火焰。我们并不懂它，因为它藏匿着，又坦然着，冰凉，清澈，恬淡，柔软，不在乎，野性。它在夜晚流淌的声音就像是诵读着一篇天上的（也许是大地深处的）经文。它是文化。不能否认河流的属性。而且是艰深的、玄妙的文化，不是凡尘能够读懂的。后来它用瓶子装着，在漫长的时间里，历史酿就了酒的个性。它就是文化和历史的证据，甚至是民族历史中激荡的华彩乐章。有一种智慧是用水来承载和贮存的，不让它流淌，静静放着，密封着，冥想着，进入历史的大荒。酿造过后可能是漫长的等待，以液体的方式，走进历史，燃烧后来的生活，寻找听得懂它语言的人和时代，塑造人类。

我到过旧金山的帕纳山谷，那里同样是酒的故乡，山谷里氤氲着另外一个民族的智慧与情感。在那里我读出了田园牧歌，读出了从大自然采撷的精美片断。酒是牧歌，是收成，是我们农耕时代的丰收的喜悦。你看采摘葡萄的人们，你看蓝天白云，看成群的奶牛，看那些隐藏在葡萄园中的酒庄，看山谷里流溢的雾气和天空中飞翔的鹰。酝哪，酿哪。田野上、山冈上、风里、秋天里溢淌着醇美流蜜的空气，那么浓稠、高雅。你看赤水两岸，那个时候，同样高粱摇曳、河水流响，人们收获着沉甸甸的穗子，将它们投入到掺了酒曲的石窖中，也是酝啊，酿啊。后来，一个容器将那化为水的神物全部收走了，密封了。但是，这个容器里，如果你仔细倾听，却依然能听到河流奔涌和庄稼爆裂的声音，能闻到丰收时的醇香和农人的沉醉。听到庄稼成熟后在风里沙沙的喧嚷和絮语，夜半露寒时的呢喃，经久不息。它是永恒的声音，永恒的浓烈和醉意，永恒的荡漾，它贮存在我们心里。它使我们保持对水的源头和祖先文明的追溯与回忆，对诗的热爱，对过往历史的兴趣，对朴素生活的梦想。

因此，酒不是工业，不是商品，它就是文化在漫漫烟波中的传承，是文化的倒影。

在这里，用赤水酿成的酒，终有了这么一种气质：采天地灵气，怀厚德致远。天地灵性，至厚至德。是水与人，人与天的同气相求。想想吧，同样是高粱与酒曲的碰撞，是一场天作之合的邂逅，这里的高粱特异，而五月的女人踩曲，是如此的柔情蜜意，仿佛是对酒的爱恋缠绵的序歌，是摇篮里的天籁。一双赤脚，踩兮舞兮，酒曲慢慢地从山野女人精心的侍弄中诞生了……还有一次一次的发酵、加沙、蒸馏、取酒、贮藏、等待、勾兑……多么神奇美妙的过程。不要用科学仪器分析，它所含的香有多少种，所含的微生物有多少种，真的，我宁愿什么也不知道。但只求像天地的鼻扇，吸进它灵香袅袅的意境，它的优雅细腻的云态，它的亦幻亦真的叩访。而一种叫水魂的生命，它的神秘性是不可以分析的，并且要拒绝分析。在这儿飘浮的神秘物质，是永远也抓不到它的，犹如尼斯湖水怪和神农架的野人，一闪即逝。是它参与了整个酿造的过程，一只神奇的手，在搅动着这场壮丽的水的演出，在书写水的传说。

酒也不是食物，不是的，它是介乎于物质和精神之间的一种东西，我姑且称它第三物质，它可以滋养灵，也可以滋养肉。它来自深山，取自深谷。雾霭茫茫的赤水，一勺一勺，一湾一湾，一程一程，一滩一滩。你究竟叙说着什么，你为什么有如此的魅惑？不是说这里，说在遥远的神农架，有这么一位老人，一个铁匠，几十年从不吃饭，只喝酒，也不吃菜，就一盘石子儿，用油盐炒了吮着下酒，下顿洗净了再炒。酒能支撑他几十年不吃饭的身体，里面有什么神奇的物质呢？

现在，我走在茅台古镇的烟雨中，走在赤水河畔。一切都在酒的萌动中，仿佛酒是一粒快要冲出大地的种子，一次风生水起的潮汛。我感受到了。对，酒是种子。酒是用水耕种出来的。我终于明白了。

簌箕饭·山栏酒

在海南的保亭黎族苗族自治县各村寨里，整天就是看看看，吃吃吃。在椰风椰树下吃，在海边湖畔吃，在鸡叫蛙鸣中吃，在黎歌苗曲中吃，主人生怕没有招待好我们，倾其所有，山中皆可吃的，都精心烹饪后给我们吃。特别是吃山栏酒，处处在，时时有。那酒柔而不软，迷而不醉，甜而不腻，香而不艳，绵而不淡，醇而不黏。没有汉族人高度酒那么凶悍，那么火爆，那么摧残。

槟榔谷的午餐是簌箕饭，记忆犹深。簌箕是黎族人常见的用具材料竹篾编的，小巧玲珑。里面铺着芭蕉叶，新鲜芭蕉叶绿茵茵的，油亮、厚实、平滑、干净。盛着鸡肉、鸭肉、烤罗非鱼、卤鸡蛋、青菜、甜点、菠萝、小西红柿，还有一盅雷公藤山鸡汤。主人为我们斟满了山栏酒，簌箕中间，则是红白二色米饭。

山栏酒是一种糯米酒，是用山栏稻中的糯米酿制而成的，当地人称之为"biang"酒。山栏稻是黎族人种的旱稻。第一次听说旱稻，种在山坡上，也不要水。《崖州志》中说到海南稻有粳糯二种，"山稻，其甚多，最美者，名九里香，宜山林燔材积灰而播种，不加灌溉，自然秀实，黎人种之"。"旱稻亦曰坡黏，宜高田及坡园。四月种，八月熟，最耐曝。"所谓耐曝，就是不怕热带的阳光，也不需要水吗？稻子不是生长在水田中的吗？我在那儿看到了种旱稻的老照片，在刀耕火种的年代，燔材积灰，先烧了山，冷却后，男人在前面用竹竿捅一个洞，女人在后面往洞里撒谷种，然后不再管了，竟然还能亩产三百斤，这只能说是老天照顾黎族人，也说明海南的土地肥沃，雨水充沛。总之这真是一个奇闻，谷子在旱坡上也能发芽生长。还有照片看到收割旱稻时与收割水稻的方法也不一样，是用手捻小刀一穗穗捻割，与镰刀一片片收割不同。山栏稻有三种，山栏红米、山栏糯米、山栏香米。山栏糯米酿的酒，有十度左右，没有后劲。我想到在这个县的报什黎族苗族村吃长桌宴时喝到的山栏酒，叫七仙山栏酒，瓶上还印有一首诗："玉液山栏美味香，常喝日久益健康。黎家千古人长寿，补气滋阴润脸庞。"这诗夸奖自己民族的好酒很到位很自豪也很实在，不卑不亢。到黎族人家做客，没有茶水给你喝，进门一杯山栏酒，还热情唱起黎族的民歌《奔格内》，"奔格内"是黎语"来这里"的意思。这倒使我想起神农架的风俗也是如此，进门一杯酒，谓之冷酒，以酒代茶。待冷酒下肚，再上十盘八碗的，邀你入座，此时喝的酒叫热酒。这是一种盛情款待客人的风俗，将那种山里人的热情一进门就热辣辣、爽歪歪地送到你的嘴边，没有由淡而浓的铺垫过程。

簸箕餐中的饮食，代表了海南黎族人对瓜果、对稻米、对肉食挚爱的多样性。实话说，我多次来到海南就为了海南的美食，那些带皮的东山羊肉，为我最爱。还有带皮的黄牛肉，皮又有嚼劲，又有糯性。什么五条腿的猪、不回家的牛、会上树的鸡、会冲浪的鱼，这些涌动着海南地域特色的食材，就像一句广告词说的：在这里能吃到意想不到的美食。

报什村的长桌宴也基本是簸箕饭的变体，是更大更宽更爽更劲的簸箕饭。也是芭蕉叶铺桌子，上面放着各种饭菜。粽叶包的山栏饭，三色，这又有了苗族的特色，红、白、黄。黄色的饭是用黄姜染的，掺黄姜汁在饭中，先把黄姜舂烂，取其黄色姜水煮饭。饭质黄色，有独特的香味，具有清热解毒的功效，最益给产妇补身子。当然少不了乡亲自制的山栏酒。酒杯、斟酒器、盛酒器，全是竹筒，当场锯出的。筷子是用硬硬的葵叶梗做的，而菜中有芭蕉花做的菜，还有芋头梗、荷叶梗、菠萝蜜做的菜，一溜儿长桌有二十米长。

竹子、芭蕉、鸡鸭鱼牛羊和山栏稻，这些蓬勃生长的动植物，在海南真是得天独厚，像这热带的阳光和雨水一样充足，俯拾即是，它们在哪儿都能疯狂生长，给黎族和苗族以及其他人带来源源不断的美食和热量。

我在合口书苑，数过一株巨大的死去的榕树年轮，它那么粗，也不过几十个年轮，因为阳光和温度，生长和生命的周期更新加快，更多叫不上名字的各种植物，能吃的，不能吃的，我都爱它们。爱它们奇异的造型，爱它们张扬的身影，爱它们勃勃的繁殖力，爱它们摩肩接踵挤得水泄不通的热闹。像四棱豆这样的蔬菜，虽南方一些地方都能生长，但全国数保亭县毛敢乡的为最好，他们的四棱豆在网上 50 元左右一斤，进入了北京上海的超市，价格更贵。四棱豆具有降压、美容、助消化等食用和药用价值，功效超出其他豆类和一般蔬菜，被誉为"豆中之王"。在雨林仙境酒店，我们不仅吃到了四棱豆，还吃过一种野菜丸子，这是八种野菜制作的丸子。野芭蕉花也可食，雨林旱鸭、栳叶煎蛋、无骨鱼煮芭蕉花、诺丽果鸡汤，还有栳叶炒鸡、红藤芯煮淮山、南瓜花、牛大力粉丝筒骨汤、椰丝卷、雨林三宝。雨林仙境酒店的董事长黄谋，一个爱好黎族文化的痴汉，拿出他自己酿制的牛大力酒，这种酒是治风湿的。在合口书苑，周燕老总也拿出她自己酿制的甜酒，这些酒配上山栏米饭，自有一种特别的情调。在秀丽山庄，我们吃到的小鸟菜、鹧鸪菜、辣木叶菜，这些稀奇古怪的可食植物，还有椰子汁，每餐必备的佳品，让我们品尝着大自然馈赠的盛宴。黎族是阳光的宠儿，大自然对他们恩宠有加，赐给他们的食物如此丰富，这是他们与大自然相亲相爱，互相哺乳的结果。

特别是椰子汁，我称为上苍之水，这是上苍最甜美的馈赠。上苍贪玩、幽默，他把清甜的水沿着高高的椰子树内部送上云端，藏在厚厚的椰子壳中，然后让你危险地爬上去才能采摘得到。这是在考验人类的勇气，要你想想如何将这一罐罐神水取出来。上苍将它们的味道配制得这么清甜可口，储藏得这么严实绝密，挂在半空之上，真是有趣得紧，但这并非所有人都有栽种和享用的资格。《崖州志》载:"椰子,树高五六丈,似槟榔,实大如升,外包粗皮,里壳圆坚,剖之,瓢白如雪,厚半寸许,中空,有浆数合,饮之醇甜。或投之以麹酿酒,其味甚美……唯州东及诸黎村多有之。"将椰子汁称为"浆",也是一种美妙醉人的神饮,一种玉液琼浆。

《琼州府志》称:"黎人者,蛮之别落也,后汉谓之俚人,俗呼山岭为黎……"原来,黎族是指住在山岭的民族。这个民族在高山之巅上种着他们的旱糯稻,喝着他们的山栏酒,吃着他们的簸箕饭,与琼崖万重翠岭相依为命,创造着他们的文化和财富,创造着造化天工的黎锦。

在吃着簸箕饭,喝着山栏酒的时候,黎族的男女来我们的长桌上敬酒献歌,他们满怀深情地唱道:"……好年好月一起去,夫拿锄,妻拿锹,做早稻,做晚稻。做好长好得,做田种水稻。砍山种山栏糯米稻,谁出力气大,谁就得多谷。糯米水稻、玉米高粱,年到月回,装满谷仓……"又唱《奔格内》:"……奔格内,奔格内,喝完这杯山栏酒,我们永远是朋友……"

有了这样的好饭,有了这样的好酒,如何大家不"奔格内"呢?

滇池散笔

一

西山睡美人躺在浩大滇池的眠床之上。云气鼓荡，山势谲异，烟水迷茫。远处烟火似城，雨村如梦，山色荡虹影，灯火入荒烟，滇池真如海，神在云水间。

这是云南雨季到来的雨，密集迅猛，植物疯长。特别是巨大的热带植物，张扬着它们奇怪的枝叶。但又似乎有江南的雨韵，不过那种暮色到来的凉寂却又是高原特有的。

我被草海大坝的壮观和宽阔镇住了，这相当于一个2.4平方公里的广场，石板铺路，路灯像莲花瓣，也像海鸥的翅膀，想起每年冬季到来的10万只红嘴鸥，它们遮天蔽日的倩影像是三月密集的活纸鸢，昆明滇池的冬季也有早春丽日的景象。这美丽的春城，因红嘴鸥的聚集，给昆明人送来了一个翅膀上的春天，一个美丽如童话的冬天。那些漂亮的海鸥，不是它们选择越冬的地方，而是上苍送给昆明的。

此刻，草海和滇池外海在暮色中的雨雾里，呈现出它的浩大寂静，这种浩大的寂静傍在西山脚下，真仿佛是西山睡美人宽畅的眠床，一湖烟水作了纱帐。云雾在洗得如翡翠的西山散漫蒸腾，就像是烟浪溅上山巅，又被风吹散。西山有更浓烈的云团从崖后喷涌而出，一直拖曳至湖上，像是那个睡美人扬起的浓密鬓鬟。滇池就是大海，是甜蜜清澈的大海，一座昆明人蓝色液体荡漾的心灵教堂，乡愁教堂。

我行走在草海大坝的暮雨中，五月底的天气有着湖边特有的潮湿凉意，或者离愁，或者别绪，或者物喜，或者己悲，或者家国情怀，或者个人情仇，高原之湖，不致如此浅浅而生，这一池大水，盛着高原的魂灵，是我们能够祈祷、敬畏、寄托，也能够遥望、洗濯和啜饮的地方。

夜半闯入梦境的滇池，只能似梦似幻。一旦晴天丽日，便是万千气象。

海埂公园，早晨的滇池已经开始了不知疲倦的动荡，水从很远的地方赶来，不停拍击着石岸。天晴了，云彩厚重沉浓，天空高远，使得滇池更加辽阔，风带来浪的寒意，所有的路都被它粗暴地溅湿了，仿佛它对陆地怀着敌意。但滇池有让人眺望的心境和空间，滇池属于远古的哲学和意境，它所有的声音都属于那些眺望者沉默的语言。

有一些老者在这儿钓鱼，他们将钓竿放进水里，几秒钟就会咬钩，是一种很小的白鱼，不一会儿，一个老者就钓起了数十条，可以做上一碗鱼肴来几口小酒了。滇池鱼很多。

早餐后昆明市作协主席、著名作家张庆国非得要亲自陪我去大观楼，我也很想再看一下那个有名的长联。多年前来过，印象已经淡漠。去时才知道这淡漠的原因。虽然大观楼公园里荷花盛开，但登楼之后，确实看不到"五百里滇池"。这里是大观河入滇池的河口，有许多人在钓鱼，荷池并不壮阔，原因都是滇池缩小的结果？作为土生土长的昆明人，庆国告诉我，这里曾是草海的一部分，就是城中的翠湖公园，过去也是可以坐船直通滇池的，昆明在历史上是一座水城。过去的大观河水运兴盛，滇池周边产一种香稻，就是靠大观河运出去的。

五百里滇池，奔来眼底，披襟岸帻，喜茫茫空阔无边。看东骧神骏，西翥灵仪，北走蜿蜒，南翔缟素。高人韵士何妨选胜登临。趁蟹屿螺洲，梳裹就风鬟雾鬓；更苹天苇地，点缀些翠羽丹霞，莫辜负四围香稻，万顷晴沙，九夏芙蓉，三春杨柳。数千年往事，注到心头，把酒凌虚，叹滚滚英雄谁在？想汉习楼船，唐标铁柱，宋挥玉斧，元跨革囊。伟烈丰功费尽移山心力。尽珠帘画栋，卷不及暮雨朝云；便断碣残碑，都付与苍烟落照。只赢得：几杵疏钟，半江渔火，两行秋雁，一枕清霜。

这天下第一长联作者孙髯翁虽才高八斗，也不过是个破落高士，一生不得志，仅因为科考搜身，此兄觉是对知识分子的羞辱，于是拂袖而去，最后沦为寺庙门口算命先生。但孙君不是颓废浑噩混点酒喝之人，胸怀阔大，才华及天。此联气势弘阔，心有千秋，苍茫兼苍凉，孤寂且孤傲。张庆国主席说他看到资料，是一行文人登西山后，孙便写了此联，那时候，还没有大观楼，是先有联而后有大观楼。因为只有西山才能见五百里滇池奔来眼底，一个"奔"字，气象极大。后人多有仿长联，甚至比此联更长，都不过拨弄词藻，故作清愁，怀中无物，亵玩神境。虽写在大观楼内，只能是自取其辱。为何你们不学学太白先生，不道眼前景，只因崔颢诗，再题多少也是白搭。人家把眼前景，胸中事写尽了，把天与地，古与今打通了，你再写也没啥意思。何况你腹中无才，想与髯翁一较高下，那不是自讨没趣，落下笑柄？

我特欣赏下联，下联的怀古，他只写滇中之事，不写国运更迭，比起空而大的咏古，多了几分实在，而将滇池千秋景色，悉数道尽了。天下总会有冷不丁冒出一个为天地万物命名的，孙髯翁算一个。

又是秋雁，又是清霜，此联的怀古有些悲沉，似乎都是怀古，好景不再，一语成谶，如今是再也看不到四围稻香，半江渔火。没有了稻田，也少有了渔人，只能是一种遥远的念想。在夜晚，滇池的波浪、星月与滩渚无人相陪相伴，夜晚的湖水太空阔荒寂。

昆明春城，有滇池水气荡漾，有西山美人安卧，雨水充沛，风景殊异，说昆明是从滇池中退出的一个城市，也是说得通的。因此烟水灵灵，仿佛出浴美人，出水芙蓉。一半水一半城的说法，你若是从呈贡湖边往昆明看，这个城市就浮在水上。

二

我们来到了捞渔河湿地，这是捞渔河进入滇池的河口。这是湿地吗？其实是一个公园，有公园的所有元素，但它是湿地。是滇池红线100米内的一级保护区。

结构精巧的水质净化功能区，布水沟渠，有大量的支、次布水系统，导流沟将水引入生态林带，经主干渠、支次渠、毛细渠布水，形成鸟足状水系，使湿地成为布水均匀、全面连通的一个庞大复杂的水网。

布水堰位于湿地入口处，呈齿槽带状堰口，是分水和布水的主要设施。上游主要来水后，进入湿地，在这里利用原有高差实行分水布水，然后进入各导流沟及叶脉状的布水沟渠。河水流入的响声铿锵有力，水流很大，一下子进入了中山杉林，里面有石砌的步墩。这片杉林中的湿地，水在树下流淌，里面阴凉袭人，水下有水草、游鱼，令我大开眼界。这个水上森林，也是闻所未闻，身临其境，顿感滇池有救。杉是什么杉呢？他们告诉我，这叫中山杉，是落羽杉与池杉杂交的一种树种，不怕水，而且生长速度快，成活率很高。这个设计是大手笔，这片水上森林有300亩，7万多株，已经有8个年头，有20公分粗。它的作用就是人工造湿地，设计者将进入湿地的水经过沟渠自然引流到各级地势形成的水塘，由于地势之间的落差形成地表水径流，从而形成湿地内水的自然流淌，完成第一次净化过程。与之前进入湿地的浑浊污水相比，这一过程中的水明显清澈了不少。在不太深的水里，有足够的时间和路程让水中污染物沉淀，过滤分解，让水中树根和大量的微生物吸收，何况水中有鱼，水流回环，让流入这里的水充分曝气，增加水中氧气。

我走在水上的森林中，我突然想起在土耳其看到的耶莱巴坦地下水宫，那是人造的，这是自然的。在浓密的、不见天日的杉林中，水声潺潺，有大鱼在水中打旋奔跃，头顶传来鸟的密集叫声，给人神秘的、梦幻的穿越感。这片森林里，现在藏匿着5000多只白鹭。还有一些别的鸟，在树上人工挂的鸟巢里生活。

捞渔河进入这里的水是五类水质，可是流入滇池时成了三类水。这百米的曲折之路，竟然让水质净化得这么好，真是太有匠心了。

赏心悦目的水上森林之旅，到处都是流水，到处是鸟鸣，风吹来时，湿润的空气里是草木的香味。

这片水上森林之后，水还会旋转在此处，进入一片芦苇荡中，我看到了大片的白鹭和翠鸟，鱼在芦苇丛中拱动和繁殖。风吹芦荡，气势滔滔。水很清澈，植物很茂盛，还有各种亲水植物都坚挺在这片湿地上得意摇曳。这里是它们的天堂，无论是鸟类、鱼类或植物。

在芦苇荡的这片水域，称为二次均质调节塘，就是将水上森林净化过的水和末端河道自然收集来的水，进入以草本植物为主的240亩均质调节塘缓冲，由于地势不同，湿地内部被划分成几个区域，有的是荷花塘，还有的是浮萍塘。靠一条条土渠连通了湿地里不同区域和不同地势之间的水，经过各区域发挥净化水的不同作用，形成了湿地内特别设计的布水系统，最终将净化完成的水排入滇池。

捞渔河湿地已被国家林业局批准为国家湿地公园建设试点，此刻有蜂拥而来的游客，不仅在这里带着孩子钓小龙虾捞鱼儿，还带着他们观赏这儿的湿地景色，让他们亲水爱水。

那些美丽的落羽杉、中山杉、杨树、芦苇、香蒲、菱草、蒲苇、滇杨、滇朴、水葱、纸莎草、千屈菜、再力花,组成的捞渔河湿地,还有在那儿举办的大丽花、唐菖蒲花展,万紫千红,吸引了许多爱花人。唐草蒲这么多颜色,只有云南才能长出这么鲜艳的花。

同时这里还设计了步行系统。整个步行系统分别由3米宽15公里长的湖滨步道、6米宽1公里长的自行车道、3米宽700米长的林间栈道和3米宽300余米长的观景长廊。在捞渔河湿地,一步一景,应接不暇,接近大自然的本色。

市委宣传部的周海燕处长建议我一定要去古滇湿地看看。对于这个湿地,我看到网上的许多评论,"昆明湿地公园中的佼佼者""与其他湿地公园不一样,恐怕到了欧洲景致也不过如此"等等,这么高的赞扬已经超出了对一个湿地的评价。

老远就看到一种奇怪的建筑,这就是古滇国的黄色屋顶建筑,长脊短檐,线条流利,雄壮神秘,有高原之上的大气象。古滇湿地公园占地1100余亩,是在原有的200亩自然湿地基础上改造扩建成的生态湿地。这个湿地因为民营资本的介入,处处显示着它的豪华与气派。它位于滇池南岸、长腰山西侧。如果说捞渔河湿地保持了质朴自然的属性,这里就是精心设计、精心打造的,投入也更大，目前为止已投资100亿，也包括其他的设施与园区。

古滇码头大厅前面是广场，可以看到华丽壮美的古滇博物院屹立在对面的山上，大厅后面是一圈环绕在古渡码头旁的水榭长廊，全是用大竹编织而成。想象力奇崛，造型粗犷，却又典雅时尚。它叫"古滇艺海大码头"，向滇池里延伸百余米，设计更有脱颖而出、跃入滇池之感。水上还有古船，是古滇国的建筑造型。在这个湿地周围有许多此类宏伟的建筑。码头东西两头还沿滇池岸边修建了绵延数里长的观景大道和数条进入昆明湖、牵星海、采莲塘等的小道及桥廊。大码头的竹环廊建筑，与候船大厅相映成趣，和谐一体。有151艘电力驱动画舫游船泊靠岸边，其中最大的一艘可容纳22人，今后，将有201艘电力驱动画舫游船规模，将成为中国最大的水上游艺码头。这些画舫船全部采用环保经济的电力驱动，轻盈通透，既有江南画舫的浪漫，又有云南元素的神秘。

它似乎离昆明主城区很遥远，从这儿看去，昆明城的建筑群一半漂浮在滇池中。它也是一个河口，同样承担着净化水质、保护湿地的诸多功能。这里的水质本来就比海埂方向（北岸）的水好，清澈，有好闻的水腥味，湖塘广大，芦苇丛生，周边没有建筑物，这个湿地在精心布局中给予了自然最大的尊重。因为拆除了过去的海堤，让湿地与湖水连为一体，有了我们记忆中湖岸的自然曲线，有了湖水延伸的缝隙，一些水生植物在肆意生长，鸟类、蛙类、鱼类有了藏匿和繁育的场所，这也许是当年滇池的原样。这里是垂钓的天堂，是人们怀旧的去处，但又有现代最好的码头，有摩天轮，有各种精制的步道，有一个一个的景观，有大量的花草树木，有各个池塘中的主题植物，有观鱼、观花、观水的去处。比如专门设计的一处水景，观西山睡美人的地方，水瀑分为两层，你走进后拍照，人的下半身像是没入了滇池，在水中行走。移步换景，曲径通幽，柳暗花明，野趣漫漫，这里看滇池视野开阔，水天无限。一些手摇游船划入湿地深处，鸟飞鱼跃，溪涧莲蒲、芦苇水巷、碧波潋滟，坐看云起，何等快哉！

三

从西山龙门往下看滇池，在外海北部和草海之间有一片苇蒲摇曳、水鸟翩跹的水面，被碧绿的水草占满了水面。这就是草海大泊口水域，面积为780亩，容积约100万立方米，属半封闭水域。

2015年前，每年夏秋季节大泊口水域时常发生蓝藻爆发，水质与草海、外海一样是劣五类，为重度污染水体。2015年8月，昆明滇池管理局所属的昆明滇池生态研究所，借鉴中科院水生生物研究所等单位在滇池的研究成果，开始了大泊口水域生态修复示范工程。两年多实验，大泊口水域完全改变，2017年总体水质达四类，局部区域达三类，该水域再未发生蓝藻水华。

这个示范工程，为沉水植物的生长创造了良好的条件，通过自然恢复和人工干预的共同作用，大泊口水域沉水植物从2015年的不足10%，增加到2017年的36.18%。而且沉水植物分布区域正在坚挺地向深水区域扩展，物种较之前更加丰富，清水型的苦草、海菜花等沉水植物成功重现。

在这个研究所，杜劲松所长说：在污染负荷基本得到控制后，通过提高水体透明度、调控水位等措施可促进沉水植被的恢复。沉水植被恢复后将与浮游藻类形成竞争，对蓝藻生长起到抑制作用。同时，沉水植被恢复可使湖泊的自净能力大幅提升，使水质明显改善。大泊口最好区域沉水植被盖度已达80%，该区域的水质为三类，我们梦想的水体清澈见底实现了。

这一示范工程的成功完全验证了蓝藻是可以治理的，而控制水体总磷是滇池蓝藻水华治理的关键。

说说我进入生态研究所的第一感受吧。这个不起眼的研究单位，场院不大，进去靠左就是草海的大泊口，但是，我看见这一片有几百亩水面被围网之类的东西围起来，里面长满了我喜欢的水草，就是儿时湖泊中的水草，碧绿的水草。何锋博士告诉我这是什么草，叫轮叶黑藻、水蕴草，还有云南高原湖泊中特有的海菜花。美丽的水草，小时候，我们捞这种水草喂猪，钓鱼专找这种水草厚的地方，挑开一个小水面打"窝子"，鱼就躲藏在底下。水草下的鲫鱼，往往是金黄色的，我们叫黄壳鲫。还有一些黑鱼，爱在这些小空间一动不动晒太阳，我们叫"黑鱼晒花"。

生态学博士何锋说，这些就叫沉水植物，它们根系退化，靠茎叶吸收养分，进行光合作用。所以要水的透明度很好，达到80厘米至1米左右。这么茂密的水草，下面的水自然是清澈见底的，有鱼儿在游，在水草上摩擦产卵，能看到是鲤鱼。许多水鸟如小白鹭、大白鹭、水鸬鹚、苍鹭、野鸭等。太多的水鸟，因为它们有食物。只要水好了，鱼和鸟自然会来。何博士告诉我，这片试验区，沉水植物占水面的40％，如果沉水植物占到这个数，蓝藻是没有生存空间的。因为水体透明，蓝藻无法大量繁殖。我问，为什么种植的是水草，荷花不行吗？他说，荷是吸收泥里面的营养，不像沉水植物，是吸收水体中的养分。

我问何博士这片试验区你们种了多少水草？他说："我们种得很少，当时一个平方米只在4个角各种一株，我们的试验叫生态恢复，生态恢复主要是自然修复，我们补的水是污水处理厂的尾水，透明度很高，虽然氮磷含量还是五类水质。"何博士说，他们的试验就是要让湖泊产生生态系统的良性循环，让水体有造血功能。让水草吸附污染物质，把水里的营养物质消耗掉，还加上鱼来吃一部分，而有的鱼虾是吃泥里面的营养物的，如水草和动物的尸体腐烂后，有生物清理。还放养了许多滇池土著鱼如金线鲃，是食肉型的鱼类。当水草茂盛后，各种鱼都会来，这样形成了生态循环，水质会越来越好。

生态所的杜劲松所长告诉我，他们所是2004年成立的，现在不过15个人，怎样恢复滇池生态，他们研究了10多年。他说对湿地的认识也是慢慢明白的，河流是所有水流汇入滇池的通道，而湿地是最后一道防线，是过滤河水的。说湿地是地球的肾，非常有道理，现在滇池污染了，我们的工作就是给滇池再造一个肾。

他的话有道理，有力量。

湿地可以将河流的污染物去掉10%~20%，有强大的净化功能。他指着何锋博士说，他每天跟踪滇池的蓝藻，这些年的研究比较深。蓝藻是一种最古老的浮游植物，几十亿年前就存在了，因为它可以进行光合作用，繁殖是细胞分裂的，繁殖速度快。在一类水体和二类水体中它被抑制，到了三四五类，营养足够了，就大胆地生长，几乎没有天敌。冬天阳光少，冷，它就沉到泥底，休眠起来，天气暖和后就浮上来繁殖。

关于湿地模型，杜所长说到捞渔河，这是他们所第一块试验湿地，他说，你说到的水上森林，我们就是将肺与肾相结合的一个试验。森林是地球之肺。他说，恢复湿地就是先要将防浪堤拆掉，拆掉后，水漫进来，芦苇就自己生长。我们种的茭草，几年就死掉了，竞争不过芦苇。自然形成的生态，以后的管理就很简单，大泊口的试验也是一样，自然恢复让生态获得平衡，人为的干预要最小化，只能适当辅助。

我们在湖边说话时，他们的示范水面里，传来鸟的清亮的叫声，一些大鱼在水草上奋力摩擦着生殖腺体产卵，水声沉闷有力。鱼都搁在水草上，这种产卵的景象，有几十年没见着了，久违了，太让人喜悦了。这也许是50年前滇池的常见景象，现在它们在这里神奇地重现。

我走的时候，月光照着蓝色的大泊口水面，鱼还在水草上奋力地摔打产卵。鸟的影子蜷缩在围网上、木桩上，茭草和蒲草在风中摇曳。空气里是水草和荷花好闻的水腥味，这种气味真是沁人心脾，让人不得不重重地往肺深处呼吸。噢，这清亮的水和厚重的水草，铺展在月光之下，弥漫在滇池之上，可惜许多来游览滇池的人没有看到这个大泊口，这真是生态恢复的奇迹。不远的将来，滇池一定会像大泊口一样，水草丰美，鱼跃鸟飞，水清如镜，浪花如玉。

大地的火把节

高粱成熟在最酷热的时节,就像一种献身。二十万亩的高粱地,在川南的田野上,冲天举起它们的穗子,这是一场盛大的土地革命。太沉太沉的籽粒,是一罐罐壮士的酒囊举在头顶。大地的激情在遍野燃烧,它们正在赶赴一个伟大而神秘的约会。是时候了。

开镰吧!开镰吧!开镰吧!我听见天空中传来了隐隐的号令,这些彪悍粗壮的庄稼,高大,英俊,壮实,脸膛赤红,是庄稼中的巨人,是天上酒神牧养在人间大地的灵兽,是酒神漫卷的初潮,在田野上鼓动起它们滚滚的烈焰。

多么壮观的农耕时代的献祭大典,太阳这么明丽,天空这么蔚蓝,擦亮我们镰刀的高粱之火,将山河原野闹腾得天翻地覆,千妖万艳。

这是大地的火把节,是大地的狂欢,是丰收的群英会。它们的燎原之势,不可阻挡。从一道田塍,舔噬另一道田塍;从一颗高粱,奔向一杯美酒。这漫长的征程,这生命的羽化、重生和涅槃，就从今天的收割开始。一簇高粱，就是一簇火苗，就是一个舞火者，一个火阵，一个酒池。高粱红了，季节熟了，天地醉了。

顺着这个节日的灼灼热力和火光，我们挥汗如雨、满怀虔敬将它们送入古老的泥窖，送入酒甑，送入封缸时刻的典藏，然后送入洞府，进入长久的阴陈和等待……

我踏进高粱地里，我握着木柄粗糙的镰刀，从高高的青秆上割下一穗穗高粱。我怀抱着沉甸甸的高粱穗子，像抱着一个成熟的美人，丰收的喜悦自内心洋溢。蓝天白云，金风送爽，我踩在有些柔软的泥垄间，使用最原始的板桶，双手用力将高粱摔打在桶里的竹齿耙子上，为防止溅散，三面竹帘相围。我听见敲打高粱的声音，嘣嘣嘣嘣，又脆又沉，那些成熟的高粱籽粒哗哗啦啦飞入板桶，这是盛夏的音乐，它响自收获的田野。

酒是农耕时代的精华，由我们耕种的庄稼，变为一种人人喜爱的液体，酒是躬耕土地的劳动者创造的杰作，是汗水和生命的结晶。酒是上苍赐与的灵感，酒是通灵的，它来自神灵的启示。热爱大地，你将被自己的成果醉倒，烂醉如泥于田间陌上，镰旁锄边，这是一种生活的美意。就算在高粱地里浪饮不归，也是好汉一条。歌德说，不曾在深夜醉过的人，不足以谈论人生。李白曾以酒酬天：天地既爱酒，爱酒不愧天。

过去我只知道酒是粮食酿造的，但今天这广袤浩大的高粱给我强烈的冲击，令人信服地告诉我：酒是高粱变的，是由这一穗穗饱满清脆甘甜的粮食，带着土地的温度，带着泥土和阳光气味的粮食变的，是它成为了我们享受生活的琼浆玉液。由一颗高粱到一杯酒的过程，在泸州，我成为了见证者和参与者。高粱敲打着我们麻木的感知，这里面有太多的不可言说的故事，酒是一种伟大神圣谲异的液体，是一场粮食与阳光、水和时间的壮丽演出。

高粱等待着更多的变化。让来自于公元1324年发明的甘醇曲的热烈加入，让来自于泸州凤凰山下的龙泉井水的冰冽加入，让来自于1573年长江边的古窖池群的神秘加入——这23代人的薪火相传，在蒸馏中捕获那些凝聚的晶莹液体，再让这里的纯阳洞、醉翁洞和龙泉洞加入到收藏和贮存的行列……

泸州长江边营沟头的空气中，充满了四百多年飘出的酒香，这个片区的窖池群及酿酒作坊，是泸州老窖的根。窖池大小不一，保持了明清时的模样，这是中国最古老最完整且使用至今的窖池群，也是中国的酒之源。

我们进入纯阳藏酒洞，像是穿越幽深、昏暗、奇诡和预谋为一体的时空，那些岑寂冬眠的酒坛踞蹲在潮湿的、有点年久霉味和酒香的混合气味中，那些拥挤的、沉睡了不知多少年的酒坛——在冷蓝色的光线中排列整齐的庞然大物，坛身发黑，长满了黑色和白色的酒菌，堆叠如蘑菇，用手指一触即化，这是时间将它遗忘后的景象，又像是神魔的手故意抹它个五花脸，掩藏起它刻意的心机与智慧，就像一件老器物的包浆，就像是一个老谋深算的人，一切都在他的预料之内，一切不可思议的魔变都逃不出它的掌心。

然后在国家级品酒师、泸州老窖高级品鉴师周奕的指导下，我们将调制出我们自己理想的酒。我们开始了一系列繁缛的调酒仪式和程序，每一道都充满了神秘、典雅和庄重。将20年窖藏、30年窖藏和50年窖藏加入5年窖藏的基酒里，各加几滴，二三滴，最多5滴。要甜一点加20年的——20年的窖藏酒绵甜清醇；要香一点加30年的——30年的酒窖香浓郁；要醇一点加50年的——50年的酒陈香优雅，回味悠长，全在你的口味。多一滴少一滴的口感，是完全不同的。我艰难的调制终于大功告成，我取中庸适中、韬光养晦、和风朗月、香醇刚好的意境，我随心所欲，在微妙通灵的添加中，让老窖酒成为我心爱的一款老酒，我品尝着我的作品，这是高粱羽化成仙的杰作，也是它们最后功德圆满的时刻，我把我自己送入农耕时代的云端，在高粱浩荡、红焰满天中兀自沉醉。

高粱红了，酒神到了，丰年足了，美酒成了。

仙来抚仙湖

深黑的裂缝。盛满邃寂的大缸。吞噬天空火焰的古灶。在群山的沉梦间痉挛的涛声。荒野。巨型的水，钢刺般发亮。

海马。我看见它骑着星空的烟尘，蹄音滚烫。潜踏在深夜磷光闪烁的湖面。被浓夜的凛寒激起的水，柔软的晶体，似箭，似玉。清冽的蜃雾，混合着神灵飞翔的水之碎屑，如羽，如霜，披覆在它的身上。

静悄悄远古出征的壮士，失落的江湖嘶鸣。一匹古滇人的骠骑。它惊散在刀丛剑林中，无数兵士的鲜血和尸体拭亮铜蹄，越过传说的山峦，到达这片水域，寻找它失去的主人。堑壕。被风雪掐断的霜天号角，在凌厉的锋刃中闪现。波浪的阵地。旷野的屠戮。它探出头来，星空如炬。它在总攻的前夜死去和复活，马的热血熨烫着黎明。黎明大火飘摇拖曳。它依然等待着，怀有英雄之气。

骁腾万里，垂鞭拂云，金辔银鞍，侠骨悠香。耒耒春潮涌，萧萧霹雳弦。

据道光《澄江府志》中记，在抚仙湖中，"有物如马状，浑身洁白，背负红斑，丈尺许，时出游水面，迅速如飞，见者屡获吉应"。民国《江川县志》记："乾隆四十三年，抚仙湖中于十日内有海马出现，自江昌前起，向东南奔腾，水如翻花，至宁州塘子岸边没……"

水底暗城与尸蜡。人壳。晃动的白影。黑暗的城市。远古的通衢。幽冥深处的悲恸传说，如寒箭穿心。这片水域永远属于滇人。在云贵高原的夜空中飞过的候鸟，带来阒寥的唳叫。深不可测的水底，是为了守护他们永恒的寂静和秘密。

湿黑悠长、苔草丛生的街道，被水浸泡的古老石板路。陈旧的院墙和方砖。祠堂匾额上刀刻的字。水井沿的凹绳痕。盛过雨季的石臼。磨损的台阶。床榻。石鼓。沉重的锁和生锈的门环。黑魆魆的、深陷在星月下的牌坊。神龛里的雕像。曾经辗过的车辙。窗棂。雕花的门楣。屋顶的水草模仿着瓦松的身影摇晃。凝重的、永世不腐的石头，游动在街道和院落里的鲭鱼。尸蜡，僵硬行走的幽灵。被埋在水底潜伏的夜行者。被水彻底隔绝的世界。他们超脱疼痛，没有呼吸，内心平静，远离火焰和爱情，并不知道自己已经死去。

飞阁缭垣的墙堞。箭楼。瓮城。栈桥。被时间消蚀的道路和小巷，停止了人的脚印的折磨，没有了喘息，爱恨和呼喊渐渐冷却。像潮湿阴黑的花朵，在大水深处开放。这悲伤的繁花，地狱之蚌。不再思念人间，是他们唯一战胜时光的利器。万劫不复的生命也许是这样的，我不能猜想他们的内心，安静到什么深度。这是生命最后的形式。这被人怀念和暗夜啜泣的人，成为了天人相隔、咫尺天涯的世界。把一个人的废墟沉入水底，这是时间的杰作。所谓传说，就是不死。所谓神话，就是不活。故园永无归期。

……一群人又一群人撩开水草，从黑暗深处走来，像琥珀般的幽灵，顽强保持着前世的尊严和生命的幻象。刻过石碑上一生的錾子，敲打过的铜鼓，发出沉闷的响声。法师和毕摩披毡下的手势，吟唱咒语的含混拖音，被神灵的到来惊起。在水下冷却所有欲望比得到欲望便捷。不再经受高原上的烈日和淫雨，在漫长的凉寒中像活着一样死去，像死了一样活着。你无法等待他们终有一天倒下的碎裂声，像一根根生命的针，钉在那个荒凉的、被水草纠缠的暗城，不再愤怒和詈骂，心如死灰地站着，站着……站得笔直……

……清晨花巷的叫卖声。款款走过的女子和雨伞。街道上几片轻旋的花瓣，像失血的瘢痕。一个在晨曦中推开窗牖的女子，鬓鬟轻拂，罗襟初掩，她看见茅店月色下走去的人，一个负剑远行的孤客。一杯浥去轻尘的早酒。一盏刻写至鸡鸣五更的豆灯。一个吟诵者。一个从噩梦中逃脱的杀手……黑压压从远处街道上走来的人群，他们着古代的袍褂，像是一群黑浪和石头扑向沸腾的水底。他们忽聚忽散，一惊一乍，宛如神秘的行者，被人间行刑的冤魂。溺死者。被这儿深不可测的水密封，在时间的遗忘中苟活着，和那个传说中的水底暗城一起，成为天空的恐惧。

夜色越来越深。时间的外壳已经石化，水是他们的天空和星群。

巨环。暗夜的渔火汇入月光。浪迹天涯的一个渔人，他看见一只圆环，一只巨大的圆环——它从沉重的水体漫升起来，它在湖面上旋转、漂浮。在雾气聚散的深夜，它无声无息地出现，像悬浮的天体，在抚仙湖宽阔无垠的烟水之上转悠。这也许是仙人的浮槎，它逡巡在午夜时分，现身在月光深处。一个老渔人，几乎窒息地看着它持续悬浮、旋转，然后梦幻一样地消失，逸出人间的视线。

鲭鱼阵。优雅。神秘。潜行的大鱼。亲见者说风浪起时，看见它们像翻覆的大船，其实是鱼脊。

每年的五月至八月，数以千计的大鲭鱼在大鱼的引领之下巡游湖中，常出没于月圆之夜。在鲭鱼队伍的旁边，一定有数条白色的大鱼护航。传说它们从湖中孤山下的蛟宫里游出，那个神秘的宫殿是由十根金柱顶着，里面快乐生活和遨游着数不胜数的大鲭鱼。它们首尾相接，像是表达对渔人的蔑视。这些抚仙湖中的巨兽，它们的出现是一次轰动。月光里的精灵，鳞片闪闪的黑甲武士，乘激越的疾风群游于天地之间，持鳍如戟，浪焰炸开，它们是肉型的礁石。

海蛆和车水人。海蛆又名鰱浪鱼，为抚仙湖独有。车水人又名渔人，海蛆的诱子和杀猎者。

剿杀海蛆的人们，在昏茫寂然的灯火下，用波光粼粼车起的水，制造激流的幻象，诱使海蛆逆流而上。这平静中的杀机，是用一条人工修筑的水道、一架水车、几个大酒瓮似的鱼篓组成的。它们全是险恶的机关，夜半张着血盆大口,像一个饕餮者,永远胃口十足地吞噬着源源不断的愚蠢海蛆。

无声的杀戮持续了几个世纪或者更长。湖边的人们将这种渔获作为他们生活的重要部分,面带微笑,暗藏杀机,是他们最终成长为渔人的必经之路。

马灯。水车。汩汩的水流。渔人阴沉的程式化的眼睛和动作。几乎不屑于眼前水中游动的、前仆后继的海蛆。看啊,它们身材苗条,秀丽可佳,淡黑色的身影,排列有序地进入这条水道,再进入小口狭窄而大肚如坛的鱼篓,再也游不出来……它们太多,多得让人厌恶,像海子中的蛆,渔人轻蔑的称呼并不能唤起它们的自尊,它们的结局是自投罗网,束手就擒。

天空中满是鱼的造型,那些巨鳞的云,那些让他们向往的收成,变成铺天盖地的海蛆,填满他们的欲壑。咯吱咯吱的车轴,艰涩地转动在蓑衣和烟雨中,湿冷的夜雾让山影和庞大的树冠沉凝,沿岸的渔火深潜于雾霭的梦里,猩红,时隐时现,又抽搐着身子跃入湖中。车水人用水车艰难、固执、疲惫的转动声,承续着祖先发明的骄傲。这样持久的、坚韧的、神志不清的混沌战场,凄怆迷人,演绎出人鱼斗争的故事。在盛载着千古悲剧的波涛间,一星星浪火跳闪耀金,被神话频频送上岸边的水沫,冰凉地打在脸上和石头上,倾泻成悲愤无声的水之语。

夜空的深穹在锯齿样的群山上分外荒旷。海蛆的路那么曲折短暂。出生就是猎杀。它分不清生死都在同一条路上,全是水的诱惑。生命的最后一段完全是一个骗局。但它们不会回头。

从禄充村到明星村,两三里的沿岸水边,有至少百年的石砌水道,像是城墙和灌溉系统。它们却是海蛆的墓道,吸引着新来的殉道者。湖中密密麻麻、鲜美可口的海蛆,越来越少,不是因为它们的精明,而是人们的滥捕。20世纪80年代,年获还有四百吨,现在所剩无几。1980年代一对才三毛钱——澄江这地方,卖鱼不论斤,论对。而今这种海蛆——鱇浪鱼,已经几千元一斤,成为抚仙湖凋零的果实和记忆。

抚仙湖水深:158米。海拔:1600米。湖的存在已经有600万年。因为没有任何外来河流水源的补给,自然置换一次要167年。蓄水:206亿立方米。13亿中国人人均可得15.8吨。湖水透明度达7至8米。她是我在图片看到的那个影像,近似于一种无,在透明的空气里像幻象一样存在,船浮在空中。这是一个经受百万年蹂躏羽化成仙的湖泊，冰莹的巨翅，带着云贵高原和罗藏山脉一起飞升。

她使我想起我见过的贝加尔湖，我走向那个远东西伯利亚的湖泊时，记得那澎湃的、摇曳着碧色火焰和图腾的水，因为旷世的寒冷逼着我们悄悄离开。

抚与仙两个字组合在一起，具有玄音。清道光《澄江府志》载：抚仙湖"东南诸山，岩壑嶙峋，悬窦玲珑。中有石肖二仙，比肩搭手而立，扁舟遥望，若隐若现，旧传仙人慕湖山清胜，因留其迹，故以名湖"。二仙人肖与石，哪方神仙，史载语焉不详。

我真不知道还曾经有一个这样的湖泊，她活在我们国土的高原上，在茫茫的滇中群山中间，像一个修为高深的隐士，出没在云雾缭绕的传说顶端。无尽的荒野和奔向星群的山冈，带着火焰的响声，干硬地敲打在石头上。这残存的大水，一直以寒澈的形象忍受着干旱、地震、现代化污染狂飙的凌辱。顺着罗藏山脉的褶折，进入大水的内部。从禄充渔村的沙滩一步步走向她的边岸，水亲切地舔舐我的脚踝。接近六月的阳光，刺眼，但不眩目灼热。我们的国土上最清澈剔透的水，抚摸着我。让我成仙——抚仙之湖，每一个到来的人会因为各种际遇而爱上她。甚至会哭泣和膜拜，会成为仙人。

贞洁、高尚、单纯、丰腴、妖娆、灵异，滇中的浓云在湖上激荡。孤山岛，仿佛是这座亘古水泽废墟上独存的柱础。阳光是古老法器包浆所泛出的圣光，宽仁、慈慧、沉静，抚摸着人类婴儿时期的巨水摇篮。

这沧海桑田的景象，像一罐圣酒贮藏在幽深锐利的群山之间，甚至，遗弃在八荒，忍受着千万年孤独的创痛。

时间的烙印无法驯服一滴水。透明的古水，我终于像回到前世双手索取，掬上清凉的一捧，送进嘴里品咂。水质的标准叫一类水质，而心灵和味蕾告诉我，这是圣水，仙饮。这是上苍的佳酿，风格凛冽，缠绵，而且有着智者和哲人的甜意，这是古老文化和哲学的味道。水影晃动，水的本色接近于古代。一个遥远而来的旅人，可以卸下一切，名利、荣辱、苍凉的心和对世界的诅咒。卸下惊惧、仇恨、杀戮、暗算、关隘与险阻，不必怀有射雕青山、饮马黄河的壮志与野心，在她的抚慰下，独享这旷世难逢的滔滔风月，苍苍烟水。雨收远岫，风度疏林，晚来闲望，夕阳天外。

我住在湖的东岸，遇忧度假酒店。这个幽静的、时尚的、有着花草和木廊的民宿，精致高朗。打开窗户，可见抚仙湖浩渺的湖面。碧峰四围，晚霞透亮，云团舒卷，宛似天庭的火焰。穿过巨兽般的大水，远山像烧炼的铁坯销熔落日。

如一只巨蟹悄悄爬上来的云，散开在更浓黑的晚云中，夹杂着水汽和山岚，吐着难忍的泡沫。燃烧在山尖的云烟如一次燎荒。一只渔船，一星孤火，离岸越来越远。白色的尾迹是耥平的肥垄。苍山浴日。云团被烤灼出一个大洞。一会儿，天色骤然暗了，黑夜兀自来临。湖上的风加大了力量，沉重的气息山一样扑过来，让这片湖水越来越远。星星又大又亮，好似许多仙人挑灯夜行。月亮像是仙人佩戴的饰品，漂移在天空。山影与水影，湖岸与岸岬，小心翼翼地忖度着。不能再进，也不能再退，终点大约是这里了。夜晚的蚊虫飞撞玻璃，山风呼啸，发出嗡嗡的奔跑声，就像一个高原的浪子。而湖在浓夜中含烟酣睡，梦境在漫漶，吞噬着千年的寒寂。

白昼的喧嚣只是短暂的，黑夜的横行具正当性。浸透了无数墨汁沉夜的湖面，只有一些鱼的眼睛像燧火一样，在蓝色的瞳孔里闪烁。很深的沉默之后，会有一两声鸟或者浪花辗转反侧的呓语。

月光垂下。那只紫檀金钗似的渔船，像一个古老的魅影被聚光在月光之下。没有尽头的水上月光，铺展在湖上的通衢，交给了一个风浪里寡言的渔夫。

在暗夜笼罩的湖之东岸，抚仙湖这坛圣酒正悄声如呓地打开，偷放在人迹渐散的群山间。高原的神仙们即将在旷野中叩舷对饮。或者，面对这坛琼浆，将有大地上的曲水流觞、诵唱。神灵们从月光中飞翔而出。

一连几天的夜晚，我都在浓黑的罗藏山中，在那片湖水星空里浸泡。淡褐色的月亮挂在天穹，湖水在森严的月色里略显暧昧黯淡，它行走的窸窣声发自很久以前，从邈远的时光里传来，经过几个世纪，在自己的回声中盘桓踽行，让我夜不能寐。孤独。磅礴。盛大。独处在莽莽群山一隅，被亿万年天地的沉默压下她的喊叫，像钢锯割裂着高原的冷漠。等待发现，她为此贞守了几百万年。隔窗眺望，月光荒远，星空幽寂，山影如魅，涛声如泣。怎样的悲痛才能配得上你的诉说？

云团簇动，群山之顶，湖为天空的夐远而俯首称臣。潮湿黳黑的风，摇动着湿地的芦苇，飒飒生凉的低吟一直滚荡。又一忽猛然震响，像一个疼痛的痉挛者，被清寂把守着，折磨着。野草。野风。野云。野鱼。野天。一切的野物。在冥想和凝神中，水的激浪喷涌在袅袅升起的月光里。

这片月，与这片水如此纠缠缱绻，仙袂飘飘，脚步轻灵，各自模仿着对方天赋的灵跃与翾笑。游弋与潜伏在星云黑暗中的水，仿佛藏进了一片深坑，昏聩茫然。但那些远山的白光处，仍是我们对浩大落日念想的窗口。远古之时就已埋进湖底的城池，在月光照彻的云隙处复活，变成夜晚的不夜城。

罗藏山脉间，抚仙湖属于遗落于荒野的神珠，只接纳沟涧和天上的雨水，作为孤独存在的一个特例，从银河里淌泻坠落，依然仙风道骨。隆起在云贵高原上的山脉，是一组群雕，天气晴朗之日，从罗藏山（亦梁王山）顶望去，滇池、抚仙湖、阳宗海、星云湖、杞麓湖，这些遗落在高原的天镜，养育着大地上的生灵。她们是滇人心中的教堂，洁净的精神院落，被云空擦拭的玉池。阳光蒸腾，蜃气弥漫，她们在大山的庇护下，像是冰河时期遗藏的冰块，闪现着寒冷传奇的白焰。

凹陷和坍塌，雷暴和地震，衣衫褴褛，割咬着舌头，天穹的注视像钢铁一样冷硬。所有宏大的叙事结束了，战栗、悲痛、愤怒、呻吟、号叫都归于零。更宽广的是平静、映照和存在。存在是永久的秘密，天大的事。这只碗，盛着宽大的水，在我们汲取的时候看到水的内部，有悦耳天真的响声。在这里，在贴近她时，厚如昆仑之玉，薄如彩蝉之翼。曾经挣扎、破碎、崩裂、压榨、喘息和痉挛，成为毁灭世界的浩浩能量，成为恶魔，但最后，她成为了雪乳和美玉。

在野蛮暴力的创口上愈合和生长的蓝，是真蓝，把无数幽鸣山涧的水抚抱敛纳，任凭生硬的寒寂刺痛，慢慢感化为日光月华。这人间的绝饮，是谁让她们明眸皓齿，纤芳不老，风华绝代？

据康熙《江川县志》载，"明洪武十年，江川地震，明星湾子沟有独家村，因地震陷落入湖"。"清乾隆十七年江川地震，秦家山抚仙湖边田荡入湖中者甚多，而最多者23户。"民国《江川县志》载："抚仙湖滨有村曰冯家湾，其村关圣宫门首原有石埂一路，所以防波浪之淘田禾。民国十三年（1924）四月十二日午时，石埂间忽响，声大震，冲出黄烟一堵，向湖之东南而去。农人群往视之，石埂连田陷于湖内，旁边陷成大坑。"在古滇国都城的一次地陷中，一对老年夫妇从这里的深渊中逃出，不知所终。

抚仙湖是一个断陷湖泊。

重读利川

大水杉

> 很冷
> 那个冬季一直纠缠我。积雪之光幽幽
> 我热情的火炬全摆进
> 一片安宁的白色
>
> ——摘自本人诗《古水杉》

一棵树。一棵古树。很老的树。

水杉。也可能叫水松或者别的。它站得这么笔直,却没有写出自己的名字。可你记住了它。它已经很安静,远古大地的悲剧结束了。它从石头和冰川中站起来。其他的植物,都将成为石上的花纹。

荒原之夕的美景。峡谷中烟云密布。这是一次从天空到大地的屠杀。遍布着恐龙和别的巨型动物的尸体。它们的油脂在滋滋作响。山火弥漫。

通红的石头冷却了,但大地还在因疼痛而呻吟。这是一个扭曲的世界,上帝还没有诞生。一切只有靠自己了。山静石暖。

在宇宙的深处,没有人知道一粒星尘的地球,叫床,或是悲号。撕裂成八瓣,冰冻一千次,所有的生命都死去,重新沦为一块黑暗的巨石。

无从追溯别的原因,它活下来了。它含在因为奔跑而死去的蛇颈龙嘴里。它在一块石头的裂缝里。它在最后坍塌的山顶,奔腾的雪水,让它免遭炭化。

又有一个冰川和碛石的攻击。漫长的欺辱。梦见神指引的喋血之路,经受下去。亿万年的忍耐。死去。活来。风和沙石的鞭子,成为生活。让它们,变成岩石上的历史,变成有年轮和骨骼的石头,成为图案。它活过来了。

有一个早晨,有一颗种子顶破了厚达一千万年的冰原,它钻出来。春天来了。蓝色的倒影。湖的造型。有一点暖,生命会召引它们,跨过漫长的死神,冬天的刽子手。历史无论多么厚重,都将从娇嫩羞怯的旗帜开始。

它身旁的种子也会醒来,因为生命是一样的责任和光荣。水青树、连香、珙桐、黄连木、野漆和银鹊树。它的近亲们:紫杉、冷杉、银杉、秃杉、铁坚杉,也在荒原上向它招手。它们是失散一亿年又重逢的兄弟。

海在激荡,洪水漫过蜿蜒的海岸。一个气温上升的冰河期。

它们活了,开始向上攀援,向天空,寻找熠熠闪光的时刻。这是唯一的路。巨猿出现在它们中间,以憨厚的、天外来客的姿势靠在它们的躯干上。南方古猿向最温暖的林带跋涉而来。疣猴张着怪牙在枝丫上跳跃。东方剑齿象悠闲地站在它的阴影下。

人出现了。习俗和禁忌在他们中间诞生。他们敬畏它,远离它,也喜欢它。将它奉为神灵。这棵树,长满了天上的眼睛。因为它古老,所以它有灵。这一棵树,它经受过一种叫朝代的东西。这是很近的事。最远古的事情,它用碧绿的汁液把它们稀释,用种子的形状,把它们描绘下来。

一个姑娘从水边走过。一群羊,赛过雪。

大溶洞

这只耳朵已退到最后的边缘
被掏空石头,干干净净
待河流的巨根朽去,风徒然穿过
用空洞的岩石之雕
代替一切。

——摘自本人诗《世界第一大溶洞》

我听见太嘈杂太剧烈的音乐,人为的,将它掐死。这种吵闹,是把它硬生生地从沉梦中拽到大街。它睡眼惺忪,衣冠不整。它是一个老人,心成为石头,表情成为空洞。它是一个被掏空了胸腔的巨石木乃伊。为求得灵魂,砍去了眼耳鼻舌身。它成为一条废弃河流的喉咙,呼喊在旷野。它头枕河流和森林,让风巨兽般地穿过它的呼吸。它消失在时间的尽头。成为时间最长久的证人。

我说,那些吵醒它的人将遭到报应。吵醒一个沉睡的千古老人,吵醒神灵,打断它亿万年的冥想,用轻浮的音乐切断它的思维,阻止它向更深的睡眠坠去。让一个古老的哲学瓦解了。让一个巨大的象征成为卑下的生活，一个伟人成为小丑。民俗是短暂的，只有石头永恒，空永恒。空是一种可能。空要胸襟。什么都不装下，挖出它的五脏六腑，让它作呼号状。让它，像没有一样空荡荡的。让它像哑巴。让它，永远失声。

找不到典籍，没有圣经。从沉积的石膏、芒硝、盐层里走出来的人。在中央山地的隘口，一群从震旦纪、泥盆纪、侏罗纪、白垩纪死里逃生的石头，向更高处翻身。在大断裂中，被挤压得四散逃窜的水，像一万头板齿犀、利齿猪、轭齿象，朝它猛噬。一百万条浊龙成为传说，分散在天空和大地，分散在一百万个人的口里。

凿。凿穿这个庞然大物，水说：喜欢远方，推开你。绿色的火山角砾岩，玄武岩，或者夹页岩，灰岩，闪长岩。暴躁的水，一把一把的黑暗。月光镀就的大蛇躺在青铜的夜空下。万箭穿心。

爱我，这墙一样的爱。这不息的嘀咕。耳语。这咒骂，这侮辱。这千古奇冤，六月飞雪。水的阴暗的信念。疯狂的浪子。传说中的刀客。

刺穿我吧。它在呼号。在广袤的荒野。水在狞笑。刺穿我吧。水在抚摸。死是绝对的。任它们宰割。凌迟。

罪恶的水，飞雪不断。孔子鸟和飞翼龙的翅影。雷电说话。一个亘古的阴谋。它洞穿了，海退去了。

它死在黎明，喉咙里含着霞光的血水。河流的根腐烂了。沉默是最好的疗伤。是永远。

毫无知觉的疼痛。憔悴的胸腔里，灌满了时间的堆积。都走了，寂寞像苍苔泛上来，碧绿的火炬曾经号叫着它们的激情。落日时分，千万个水妖起舞。鱼在飞。怪兽在狂笑。大鳄伺候着血色奔流。这苍穹下的痛和掠夺，消失殆尽。

它在玄想中滋生出石芽、石柱、石笋、巨大的石幔。一滴一滴的血在凝固。它的心在长牙齿。它在咀嚼久远的往事。它要用风磨牙。它要申诉。它要喃喃自语。它要把石头揣在怀里。把所剩无几的河流，当作发丝。蓝色尖叫的花园。神的墓地。河流的影子。曾经激情的床。

一个巨人。虚怀若谷。

大伏河

> 那一日巨大的孤寂在等它。那一日
> 飞鸟和银帆死了,黑色的羽毛
> 塞满洞穴。
>
> ——摘自本人诗《伏河》

老远就听见你的声音,像在预演。准备大义赴死。发表自己的讣告。高呼。完成生命最后的仪式。它是河流。它又不是河流。它不是歌唱,是咆哮。永远在黑暗中咆哮。前进,咆哮;咆哮,前进。这一趟太艰难,太远。黑暗的统治注定太久。

没有比黑暗更荒芜。一头扎下。愤怒的投身。一群一群死去的水。地狱。骨节崩裂的痛楚。死在不知不觉中,在销声匿迹中。消失,是愤怒的尾声。历史不是一条河流。它躲起来。它没有岸。深度窒息。骚动的墓室。冰凉的血在嘤嘤说话。地下诗篇。死者的长啸。献身的燔祭。

伏下去。把你的一切塞进山腹,像塞一堆羽毛。被枪杀的翅膀。藏匿证据。唯有一个隐者,在夜半的荒野里走投无路地控诉。

一个人类无法到达的圣地。太深。太厚。像冬日被子下的梦魇。魅影幢幢。你潜伏着,像在阳光下踱步?你音讯全无,你所有的一切都随身带去。你将在哪儿重现?

穿过城乡,穿过人烟。穿过石头和石头。脚下隐隐传来大地的抖动,像是民谣中的一个暗语。落日盘旋。鹰羽如雪。走投无路的鸟群。拉长碧绿的火焰,它说过什么?有什么遗嘱?在那里,在最深底层的私处,它遭受过何种强暴和凌辱?毁灭。他们的鬼脸和牙齿。用铡刀切割它的消息。堵住它的嘴,掐灭一切。

一把水锯,像一张弓,一根弦。幽暗的远山,鼓角齐鸣。光亮。水说。光亮。被孕育过后,一个比碧玉还清澈的天使,在平静中诞生。流水的手指撩开河的面纱。一眼春潭。像倒影一样低语,在伤痛愈合之后。

你是谁?曾经,地狱的歌者?野狼奔窜?万劫不复的深渊?一粒星空?你多么安详。像智者。像荡妇的眼神。掸掸一个旅人的尘土,你从黑洞里出来。一条指缝,淌下一条河。唯有献身才是传统。

河流醒来了。群山像夜泊的船。

天涯听海

一

海。蓝色的水。赤裸裸的荒原。鱼和波浪的牧场。这大地尽头的蛮荒,蛮荒尽头的大地。动荡的大地。眼泪和苦难的收集器。一条孤零零的线,帆的窠巢。人类幻想远方的标记。大海,地球上的绿松石。安详地沉睡,收藏着生物的骨骼和花纹。收藏着它们的襁褓和摇篮。等待着它们归来。

二

曾经,我是放逐的羁客,心狱的囚徒。我是幻听症患者,耳边混乱着市声的喧扰。歌唱,叫卖,警笛,笑谑,呵斥,经诵,金属的切割声,人欢,马叫,莺声,燕语。

海，仗剑天下的浪子。悄悄地潜行，你带着深穴闯荡的气息、警觉、清醒。你来自远方危险的地域，你来自天外，来自传说中的蓝。

我将文字写在波浪的恐惧之上。我将在珊瑚、海铁树和马尾藻的丛林中迷路。这大地尽头的悲伤，比秋更郁烈。天之涯。礁石像狞笑的海狮。陌生的天空和水鸟。陌生的巨浪。以粉身碎骨的造型，表达时间。永无尽头的倾诉。咸味的语言。一层一层赶过来的死亡飞羽，唤醒你身体里沉默的风暴。在盐的宁静深处，是人类最初的村庄。

三

此刻我依然倾听着你，大海。在黑暗中，动荡不息。沉睡吧海。在人类卑微的鼾声中，在灯火渐熄的远方，你可以屏息入梦，像一匹回厩的马，开始冥想。海太久远，使用地球最古老的语言，说着。星星升起来了。这些古老的精灵，在天上和地下应和着。涛声，巨人的足音。伟大的吟诵师，天穹下的夜行者。

四

别吵了，海。风也太坏，把你头发吹成儿时。听海。

听哑人说话。听它吼,听它发怒。听它伟大的骂街。听它爱你。这个野蛮的水妖。

早晨的海疲惫、娇懒。让阳光来刺激它。几条狗在海滩觅食。人不会缺席。一夜的涛声。你不会消失。你不会一声不吭。说些什么呢?寄居蟹在奔忙,从一个壳到另一个壳。没有安全感。到处是家。房奴。珊瑚和贝壳都回到了岸上。海汗流浃背,满身咸味。海,荒野的流民。夜不归家的人。醉鬼。地球上的守夜人。

太阳升起来了。海突然亮了。最妩媚的时刻。一只小船出现在远方。海,在晨祷中课诵。宏伟的钟声。浩瀚的经卷。太阳翻动它。听吧,这金色的梵音。大海如此仁慈,像残忍一样。海鸥凄厉,飞舞的圣徒。天空下的苦行僧。海在控诉礁石,把愤怒掷向它。花蕊边上的永远的恶魔。

五

伤感吧,呼愁吧。桑提亚哥式的伤感。纵然,你一辈子与海搏斗,靠海养活,海也不会亲近你。海,永远的生客,一样的面孔。冷漠、粗野、亢奋、混乱、雄壮、冰凉。狮子假寐时的宁静。当桑提亚哥不时梦见狮子的时候,他在恐惧,隐隐的。一个老渔人悲凉无奈的恐惧。

把海刻在眼睛里,你会悲伤。海,我爱你。

那个老人对那条大鱼说:我只有杀死你才能爱你。那个老人说,是谁打败了我?什么也不是,是我走得太远啦。

他葬在海边的墓园,继续忍受大海慈祥的诅咒和安慰。一条破朽的渔船也在岸边。隔着沙滩,海在嘲笑它们。你只有过曾经,而它有永远。海把一切变成往事。凭吊吧,逝者。死去的爱和征服。在古老的盐粒中腐烂。海岸,大地最荒凉的墓园。逝者的摇篮。海,催眠的谣曲。永恒的祷歌。风中奔跑的亡魂。

六

流水之上,眼泪成河。

他们爱你,却没有谁真正啜饮你。这呛人的水,属于鱼和死去的人。

风暴和鲨鱼的肆虐地。最炽烈的死亡,拥抱闪电的鞭子。劈开天空的罅缝,直到激起它的愤怒。不可侵犯的尊严,带着晶莹剔透的凛冽,掀翻世界。黑色的吼声。撕开笼子的困兽。让它们胆寒吧,冲向山冈和街道的你,扭断石头、椰子、棕榈和船。摧枯拉朽,手持毒辣的长蛇和戈矛,扑向觳觫的大地。痛恨它吧,海依然蔚蓝。无法理解它的暴虐，就像俯首称臣的云彩，对它敬而远之。

恨它。用无数攫取的手勒索它，把它撕成碎片。纵然有一万道枷锁和高墙，也无法阻止大海狂热的歌唱。

七

你海底的火山，煮沸地球的脉动。

在它潮湿雄壮的嘴里，大海的吻充满盐粒的激烈芬芳。波浪的唾沫如愤青。我，海语的聆听者。请你浇灌我的血管，篡夺我的籍贯，改变我的口味，喜欢咸腥压榨下的美，动荡不息的汹涌生活。真挚的表达。默然的沉思。怆然的抒情。爱你，像衣衫褴褛的椰树，癫狂的爱，摇荡着月色和夜。应和着你的节拍和呼吸。用语言和文字制造潮汐。在真理的盐场，翻晒大地的隐私。

八

大海，星座的皇冠，宏大的教堂，响彻潮汐澎湃的圣钟。

没有不能愈合的伤口，盐像时间的针，缝补着帆和远方。大海不会破碎，不会干涸。

让被风吹响的潮音,枕在耳畔。在海中繁殖着希望,倾听,也是一种凝视。承接它的潮汛。让贝壳里仅存的一滴水,成为大地的圣泉。

九

大海长着古老的牙齿,啃噬着海岸和礁石。这些千疮百孔的坚硬食物,撩拨着它的胃口。

海底的参天大树,长着甘露的枝叶。通过苦难的航行和盐粒的缝隙,慢慢渗透到根的深处。

那些伫望的岛屿,孤独中潜伏的影子,是大海的亲近之物。爬上岸的梭尾螺、芒果螺和蜥蜴,与它交欢。岛屿,盐制的坟墓。穿过坟场。穿过坟场。那些腐蚀的墓碑望着我。一个驾驭大海的故事,被飓风一次次掳去。那些水鸟,站在悬崖上,像传说中的神物,像天堂的群像。

我可以想象在你海铁树掩映的海底村庄行走吗,亲爱的海?一条鱼在村口徘徊。到处是我们久违的远亲。那些贝壳的房子里,住着擎灯的母亲。海底的光辉如大地的道路,四通八达。可以用珊瑚装饰我们的婚房吗,亲爱的海?可以荷锄采菊吗?可以在肥沃的田垄间耕种波浪,并摘下风暴的嫩芽吗?

十

所有的鱼都是梦游的歌手，佩带着鳍的腰刀，悠闲而阴骛地鼓着它们的鳃，眼睛瞪着暗处，像面壁千年的隐士。

用鲸类的油脂涂抹那条海藻疯长的小路。和它们一起狂欢。海象、海狮、海狗、海豚、美人鱼。观看阳光降落的奇迹。苏鼠斑正在乱窜。方䱛在踱步。怪头怪脑的老虎鱼鼓着浑身粗壮的刺。九尾鲨、尖嘴双髻鲨、斜齿鲨耀武扬威。海鳝、鳗鱼和蝠鲼像闪电，消失在巨大的水母和章鱼的追赶中。花蟹、海胆、扇贝、贴石鱼、膏蟹、刀鱼、狗母鱼、马鲛。把自己紧缩成一团的面包蟹。介子螺、橄榄螺、鹦鹉螺、刺贝、牡蛎、砗磲、虎皮斑纹贝，在几乎静止的生死轮回中石化。海星闪烁，像梦幻的生命。箭形鱼、蛇形鱼、带形鱼、团形鱼、雷形鱼。长着鳍的动物和飞鸟。用鳃呼吸的植物。在盐水中浸泡着，却生意盎然。

哦，这片囤积着盐和风暴的地区。被上帝遗弃的翡翠。蓝色的花园里生长着危险的蜂巢。盐是唯一的营养。桅尖像溺水者的手，像兰花指。贝壳依附在船舷上，发誓最后将它凿穿。

十一

在如此的惊涛骇浪中,你要守候一个时辰。看星空如炬,探听着隐隐的死亡奇迹。在夜半磷光铺就的道路上,一只渔船归来。锚已生锈。渔夫消失。霞光染织的沙滩上,泪水正在形成,缆桩上飘荡着一颗破碎的心。

我爱你深沉的夜。磷火闪烁如宫殿。辽阔的想象。涛声像困兽犹斗。梦被装饰成钟声响彻的教堂。愁意漫过,海侵蚀你的呼吸。

这片神秘的森林。浸泡着无数鱼类和贝类的保鲜液体,不明的液体。澄明的液体。盛满神话和悲剧。盛满了船夫的棺木。流放的海。在浓浓的思乡中睡去的海。被盐呛醒。写出雄壮的诗篇。吐出满腔的哀怨。在旋风中探听自己的音讯。在落日下盘桓,天涯尽头的倒影。

连哭泣也被喝止。一个人会悄悄写下,注定震惊的名句。心中悲愤,必有名篇。

寻找自己的归途

人出去,最终会回到以往。走得越远,越想回到过去。

河西走廊行

一

河西走廊也叫甘肃走廊。意思是黄河以西的大通道吧。八月的太阳如此严酷，河西走廊更加干旱少雨。从车窗外望去，大漠漫漫，黄沙如云。祁连雪山连绵千里，它们是带来河西走廊生机的唯一神祇。所有的绿洲都是她的恩赐，是她滋润哺育的产物。

河西走廊在丝绸之路上，是一个通往新疆的要道。它东起乌鞘岭，西至玉门关，长约900公里。其中以武威、张掖、酒泉、嘉峪关最为有名。这里的雨水稀少，山上自然鲜见植被。但听当地的朋友说，这里的雨水一年比一年多。这真是件好事，这也证明，自然生态正在好转。

我们进入天祝藏族自治县后，就看到了远方乌鞘岭的雄姿，山势壮观，犬牙交错，在蓝天下呈青灰色。它是祁连山的一部分。祁连山在匈奴语里就是天山的意思，海拔3000多米。这里是青藏高原的余脉，也是青藏高原与黄土高原的交汇地。气势开始变得狂野辽阔，变得更加陌生。历史上的河西走廊是血写的历史，这里的每一步都是雄关险隘，枯骨成路，血水成河，烽烟四起，刀剑争鸣，战马萧萧。想起玄奘去往西域，哪儿有路，只是一路循着人与兽的白骨西行。前人的死亡就是路标。但是通往西域的世界是何等诱人！而且西来的匈奴觊觎这片雪水浇灌的土地，把握住了河西走廊，就可以进入中原大地。各种宗教在这儿搏斗，生存与文化在这儿绞杀。

武威古称凉州，想必是寒冷。凛冽的雪风一定吹凉过这位为此地命名人的心。"凉州词"就是悲凉凄婉的词牌。"凉州词"有王之涣的、王翰的。春风不度玉门关；古来征战几人回？还有薛逢的"黄河九曲今归汉，塞外纵横战血流"。

鸠摩罗什是我在河西走廊结识的第一个伟大的人。他在武威有着传奇的经历。这里有座寺庙就叫鸠摩罗什寺。这座寺庙较新，据寺内石碑《鸠摩罗什舌舍利塔修缮记》记载,这座寺庙建于公元四世纪,有1600年历史,舍利塔内供奉有鸠摩罗什的舌舍利。他圆寂荼毗后"薪灭形碎,唯舌不坏"。这位来自西域的、有印度血统的高僧,居我国四大佛经翻译家之首,比玄奘早二百多年翻译了《金刚经》,共翻译有74部、384卷,是大乘佛教在我国传播的重要高僧。根据般若类经而建立的大乘空宗经典,是中国佛教八大宗派理论的源头。因为他精通汉语,所以其翻译文辞优美,韵律铿锵,一千多年来沿袭至今并影响了我国的哲学和语言,特别是宗教和文化生活。鸠摩罗什本来生在当时西域三十六国中的龟兹(今新疆库车),是被秦大将吕光攻破龟兹时掳来,押往凉州。鸠摩罗什在凉州羁留了17年。后去了长安,奉为国师。公元四世纪,佛教虽在印度衰败,却是在我国兴盛的时代。丝绸之路上重要的敦煌石窟也在这个时代开掘。

目前赵朴初题写寺名的鸠摩罗什寺,有雄伟的大雄宝殿和舍利塔,还有关于鸠摩罗什的纪念馆,我们未能看到舌舍利,部分建筑尚在修复中,寺内显得有些杂乱,一些年老的和尚坐在门口闲聊,这里因游客稀少,没有商业气息。但作为如此伟大的高僧,他在这儿未免寂寞了点儿。乌云密布，小雨淅沥。想到鸠摩罗什在此地的羁留，遥远的龟兹家乡是如何让他想念？同样，玄奘大师也因为他的高僧身份，多次在这条西行的路上被人截住，只得以死相逼。也因为人们对佛教的顶礼膜拜。当时的佛教有着它的神奇性，在大漠戈壁中严酷的生存与战斗，前途叵测，生死无定。他们从佛教中看到了一股神秘的力量。截留在西域活动、谙熟各国地理、文化、语言、习俗的高僧不仅仅是讲经，他们还是那些小国和部落首领的军事和政治顾问。

想想那些在凉州戍边的将士，怀着怎样的以身许国之心，在此与匈奴抗击，征蓬出塞，月黑风恶，羽檄交驰，车毂相错。寒日映戈戟，阴云摇旆旌。

武威雷台汉墓的主人至今是个谜，据出土马俑胸前的铭文记载，此汉墓系"守张掖长张君"之墓，约在公元 186—219 年之间。有说是破羌将军、武威太守张江；有说是度辽将军、护匈奴中郎将、武威太守张奂；有说是张奂的小儿子张猛。还有说是宣威侯、破羌将军张绣或汉阳（今甘肃天水）太守张贡，以及是前凉国王张骏等等。但他总是守护张掖的将军。

确定主人是个武士，有许多证据。首先看看出土的大型陶楼院，国家一级文物，既有瞭望、防御、进攻的中楼，又有习武、生活的庭院，还有主人的起居室、羊舍、鸡舍。里面摆放着栩栩如生的陶牛、陶马、陶狗、陶鸭、陶鸡、陶鹅等物品。我们进入墓室，在一侧耳墓里有复制的一排排战车和铜马。主人是如何来到这里征战戍边的？不得而知，但另一尊名满世界的马踏飞燕"铜奔马"，则将墓主人的胸中雄风托于天马的云蹄和飞燕的双翼。

这个天下无双，甫一出土就注定震惊世人的铜奔马，它出现在中国有关旅游的各种宣传之地，抬头就能见到。它就是中国旅游的标志，而它的巨大雕塑出现在某地，就代表了这个地方是国内优秀旅游城市。

它就是天马，就是传说中的汗血宝马，大宛马、西极马。这匹天马昂首扬尾，三足腾空，右后足踏于一只传说中的风神——龙雀的背上，健壮潇洒，驭风而行，精骛八极，气贯长虹，犹能闻鼓角连天，马鸣风萧。

雷台汉墓是一个象征，对于我这个来自遥远内地的人来说，在如此恶劣的边塞，一个人最后长眠于此，他是否心有不甘？这朔漠的荒风冷月，纵有奔马陪葬，陶楼相伴，灵魂中的豪气也被时光的风尘最后吞掳而去，仿佛那个时代并没有存在一样。在这位张姓将军的墓前，高耸的铜奔马和坑内放大的39匹铜马、14辆战车，在低垂的浓云下，显得如此悲壮肃穆，也显得如此落寞清冷。但这块汉室用无数生命换来的土地，丝路上的美景和传说，终将存活在我们的现实生活里。

二

去山丹的军马场路途颠簸难行，也是我们去张掖的前站。

山丹军马场的闻名，也是缘于它所饲养的天马，它悠久的军马放养的历史。去往祁连山冷龙岭北麓的大马营草原是多么遥远，我们的车一直沿着赭红色的焉支山而行。一望无际的草原、湿地，以及草原上挺立的明清时代的烽燧，更加增添了这里悠悠历史的纵深感。这里的面积是329.54万亩。曾经造就过骁勇的哥萨克骑兵的原苏联顿河马场解体后，山丹军马场成为世界第一。它太大，远远望去，各个山坡上吃草的马群，就像蚁阵，那么多，想象一下万马奔腾的情景，那当是多么的壮观。当地朋友介绍说它横跨甘肃青海二省，而且这里早在公元前121年就是军马场，是由西汉骠骑将军霍去病始创，距今有2100多年的历史。《资治通鉴·汉记十一》载："（元狩二年）霍去病为骠骑将军，过焉支山千余里"，打败匈奴后，在这片祁连山和焉支山之间的广袤大草原上，屯兵养马。尔后自魏晋至隋唐，大马营草原一直是很重要的牧马场所，在盛唐时期曾养马7万匹以上。这些雄壮的大宛马、天马、西极马，曾经挟带着汉朝和唐朝的威风，征战和驰骋在包括今阿富汗、印度、哈萨克斯坦、吉尔吉斯斯坦、乌兹别克斯坦的部分地区。西域三十六国的疆域是这些天马踏出来的。我们看到在河西走廊和新疆多地出土的铜的和陶的马，马头神态何其自信刚毅，姿态何其优雅矫健。

山丹马场是丝路之上的一颗少见的绿宝石。旷野奔马，祁连雄踞。此刻雨在下，道路泥泞。我们在有一大群马匹的地方停下来。天空铅云低垂，焉支山雾气弥漫，景色壮阔悲壮，有出征前的阵势。这里的天空和大地因为滋养过无数时代的战马和将士，有一股莫名的英雄之气，场景动人心魄。焉支山如血染过，瑰奇惊艳，为丹霞地貌，又名胭脂山。路边安详吃草的马匹，如我在新疆昭苏看到的天马一样，一律火栗色，健壮迷人。有的吃草，用尾巴拍打虻蚊，有的在互相摩挲，有的母子在抚爱玩耍。走近身材高大的它们，虽然英气逼人，但也有几分胆怯，会打着响鼻离开你，退着步子和你逗趣。这些英雄的子孙，它们在八月青翠的草场上悠闲自在，战尘远去，它们的任务就是繁育后代，保持英雄的血统，颐养天年。

从张骞出使西域两次被匈奴所掳，两次逃脱，无论是霍去病也好，卫青也好，张骞也好，班超也好，鸠摩罗什也好，玄奘也好，这条不确定的丝绸之路，几乎是与死亡和未知为伴的，是拿生命作赌注的。无数死去的骆驼、战马，醉卧沙场、战死异乡的将士，无数经书，无数苍凉辽阔的诗，倾圮倒塌的城墙，废弃的城市、村庄和寺庙，兴起的绿洲和干涸的河道，都是这条路上生死相搏后出现的景象，是生命曾经走过的痕迹与梦想。

自骠骑将军霍去病多次讨伐匈奴，才占有了河西走廊这片富饶的地区，也才有了这片宽阔无边的草原和马场。

三

进入了塞上江南的金张掖，"张国臂掖（腋），以通西域",据说是汉武帝赐名。张掖在河西走廊的中部,历史上又称甘州。"对潇潇暮雨洒江天,一番洗清秋。"就是"八声甘州"词牌中最著名的词。张掖是丝绸之路的重要通道。西汉汉武帝时张骞首次开拓丝绸之路,的确是冒险的"凿空之旅"。但此后汉朝多次派出使节出使西域,汉武帝时期最远的汉使到了犁轩(今埃及亚历山大港)。罗马人征服叙利亚和埃及后,通过安息帝国、贵霜帝国和阿克苏姆帝国获得从丝绸之路上传来的中国丝绸,故知道了神秘的东方古国中国。西汉末年,丝绸之路一度断绝,但东汉的班超仅带36名吏士,征服西域三十六国大部归汉,又重新打通隔绝58年的西域。张开臂腋简直是一种深入虎穴的冒险。在班超的故事中,全是那种让人难以置信的经历,仿佛他像神一样的,在西域的万里黄沙间,指点江山,如履平地,帮助那些小国摆脱匈奴的统治。也许当时的汉朝太过强大自信,才让班超们大展抱负,大显身手。

我们在张掖的停留很匆忙,最先进入大佛寺。大佛寺被当地人宣传是西夏国的国寺——皇家寺庙。事实如此。张掖曾是神秘消失的古西夏国的陪都。这个西夏国,在大西北存在了仅一百多年,就被匈奴灭了。它的文字至今未有人能解，关于这个短暂辉煌的国家有太多的传说。张掖是西夏国唐兀忒省的省会，即后来元代甘肃行省的前身，西夏在张掖驻有甘肃军司，甘肃省名最早由来于此。西夏的疆域当时多大？它"东尽黄河，西界玉门，南接萧关，北控大漠，地方万余里"，曾经横跨现今的宁夏、甘肃、青海、陕西、内蒙古，国势最强盛之际，到了青海的西宁、新疆的哈密。匈奴将它灭了，忽必烈却在此诞生。

大佛寺的国内最大木质卧佛和安放卧佛的大殿，木质陈旧，也未刷一层油漆，任其风化于时间中，一件名副其实的庞大古物。好在这儿空气干燥，风化速度缓慢，依然保持了它惊心动魄的宏伟的陈旧感。在这戈壁深处，是在哪儿找到如此大的树木，来雕塑这样的菩萨？从祁连山腹中运来，那也要相当的想象力。释迦牟尼佛睁着一双大眼安睡在大殿正中高 1.2 米的佛坛之上，佛身长 34.5 米，肩宽 7.5 米，耳朵约 4 米，脚长 5.2 米。大佛的一根指头就能平躺一个人，耳朵上能容八个人并排而坐。在逼仄的大殿里，想拍照的人无法伸展他的镜头。你只能看到佛的一小部分。要么是头，要么是脚。如果不是西夏的皇家佛寺，谁有这个能力建造这等巨大的佛像？

当地人笃定地说，此寺是西夏皇太后梁氏常朝拜和居住之地，在此设道场，大作斋会。还有蒙古别吉太后也住在此，生下元世祖忽必烈。别吉太后死后，灵柩也停殡在大佛寺。还听说唐玄奘去西天取经也住过此寺，马可·波罗被吸引，在里面住了一年（一说两年）……过去的大佛寺不止这么大。它历尽劫波，在繁忙的丝绸之路上，是佛教东进的见证，也看到了为宗教和文化而战的各族英雄厮杀后怎样致佛教衰落，但又顽强生存。信仰的力量比其他力量更强大。古往今来有多少大德高僧曾在这里诵经坐禅弘法？可以想象，它成为张掖驿道上的各路名人招待所是成立的。它身份特殊，身世高贵，卧佛天下第一，在河西走廊无可比拟。到后来，有明英宗敕赐的《大明三藏圣教北藏经》，为金粉所书，还有乾隆爷送的一块匾"无上正觉"。寺里经幡飘扬，高耸的藏式土佛塔又似乎来到了藏传佛教之地。表明这儿曾是一个十分特别的地方。

当我踏进藏经阁，看到的那些堪比敦煌石窟的藏经，之丰富、浩瀚、珍贵，让人感慨。这里保存有唐宋以来的佛经6800余卷，其中那部明英宗敕赐的《大明三藏圣教北藏经》，为全国仅存的几部经书中最完整的一部，俗称为金经。保存如此完好的众多经书，与一位尼姑本觉有关。她当时住在藏经殿后部一间小屋里，谁也不知道她是守经卷人。有回忆说1937年，为防止日军轰炸及回军马步芳部，大佛寺和尚将存放《大明三藏圣教北藏经》和其他经卷的经橱全部秘密用土坯砌在藏经殿后部柱间。藏经的秘密，仅有几人知晓。并由寺中住持，一任任传给最亲信的弟子。1952年，本觉尼姑住进藏经殿旁的小屋专门看护佛经，却对此守口如瓶。"文革"虽遭受批斗暴打，几近死亡，但对佛经不置一字，后靠乞讨度日。1972年打砸抢烧平息，然而一场大火将本觉小屋烧毁，她本人也葬身火海。但这也许是一种涅槃。在拆修这个废墟时，民工惊讶地发现了一道暗门，打开暗门，居然通入到藏经殿后部的暗道夹墙内，而这道夹墙从藏经殿正面殿堂一点也看不出来。夹墙里挤挤地排放着十个老式木制橱柜。打开橱柜，里面整整齐齐完好无损地码放着用黄色绸布包裹着的函装经卷。这就是《大明三藏圣教北藏经》。全部《大明三藏圣教北藏经》共包括《大方广佛华严经》《大般涅槃经》《金光明最胜王经》《大方便佛报恩经》和《大乘本生心地观经》5大部，总计1621部、6361卷。共计18万页，3000多万字。经文为楷书，字迹工整秀丽，木板雕印，印刷精美。每函经卷的卷首印刷有秀美的单线白描版画一帧，内容为曼荼罗、佛像画、说法图、经变画等。经卷画套及卷封用清一色的蓝绢包装或彩绢锦绣装帧。《大明三藏圣教北藏经》中，最为珍贵的部分是明正统六年（1441），钦差王贵用泥金书写，绫锦装潢的600卷《大般若波罗蜜多经》。及清代顺治至康熙三年，书画名流用金、银粉书写的5部佛经。在《大般若波罗蜜多经》卷首的一幅0.2平方米的曼荼罗中，描绘有近百个人物，个个眉目清秀，衣饰飘洒，构图协调，布局对称。有部分五彩佛画，用金粉勾绘，石青、石绿、丹砂、朱红等着色，绚丽夺目。

那些陈旧的橱柜现在依然陪伴着我们，像突然出现的伟大的信仰。让智慧藏身在密室，这是战乱和浩劫的幸运者。但敦煌石窟的命运却让我们愤怒。一个湖北道士将一件件国宝贱卖，散落海外，换了小酒喝。

四

嘉峪关，丝绸之路上的要冲，欧亚大陆桥的明珠之城。但在1965年建市前，这儿还是一片沙漠。嘉峪关有一座城市吗？它不就是黄沙戈壁中的一座关隘吗？走出这里，包括玉门关、阳关，就是更远的西域了。

但是嘉峪关市却是一座无法想象也想不到的城市，它美丽、整洁，为了在戈壁上存活，这个城市发挥了人类最大的想象力和创造力。一个年降雨量不到50毫米的地方，必须栽树。但没有土，也没有水。水就滴灌吧，土是从外地买来的，挖个坑，垫上土，栽上一棵树。每个市民都要缴纳树木栽种款，有工资的在工资中扣除。嘉峪关市的街道宽阔无比，在城市管理水平上位居国内一流。人行道上每一块地砖都是完整的，破了会换掉。绿树成荫，规划大气。讨赖河是这个城市唯一的地表河，但蒸发量太大，虽然是祁连山的雪水，到了市区，已奄奄一息。没有水的城市不能叫城市，但是这个城市却修了三个超大的人工湖，用来调节气候。特别是讨赖河的建设，将其一节节地拦截，形成浩荡的河水，在两岸建设公园，建筑群一个接一个，亭台楼阁，加上超大的喷泉。这里因为炎热，白天少行人，一到傍晚，全城人差不多都来到讨赖河两岸，赏喷泉散步，戈壁中湿润的气息扑面而来，夜色如此美丽，有如海市蜃楼一般。

晨起推开窗，祁连山雪峰巍峨云间，仿佛不是沙漠中的景物。在蓝天之下的白，一块块的白，依山势的白，就在天上。

嘉峪关的苍凉雄浑，比图片上见过的要更震撼。它配得上"天下第一雄关"的称号。它是明长城西端的第一重关，古代"丝绸之路"即是从此去往西域，是明代万里长城西端起点，自古为河西走廊第一隘口。看看它的庞大、坚固，看看它在大漠上的雄姿，真是浩然威仪，睥睨天下，用自己坚强厚实的胸脯为一个国家抵挡着一切。问题是，它能够抵御来自关外匈奴那疯狂剽悍的马蹄吗？事实上，嘉峪关不过600多年。更早的时候，在霍去病和班超的时代，可能也有简陋的关楼吧。史料《秦边纪略》这样说道："初有水而后置关，有关而后建楼，有楼而后筑长城，长城筑而后可守也。"应该有更古老的历史。在黄沙的尽头，在从祁连山连绵而来的长城边，嘉峪关土黄色的雄姿出现在我们眼前，像一匹咴儿咴儿嘶叫的战马。我们经过长长的坡道进入关口。关城有三重城郭，层层设防，它的内城、瓮城、罗城、城壕看起来是坚不可摧的，有多道机关。比如如果从城外冲进来，陡峭的坡道会让猝不及防的战马失蹄，撞墙而亡。各种射击的垛口，有相当精巧的观察工具，有保证士兵不被箭头射中的防护。如果敌人攻入瓮城，完全可以瓮中捉鳖。它有三座三层三檐歇山顶式高台楼阁建筑，有宽大的城壕和长城峰台组成威风凛凛的建筑群，让敌人胆寒。内城宽广，可以跑马，内藏十万兵力也不会拥挤。这里就是个小世界，小城市。为了让戍边的将士不感寂寞，关城内密密麻麻地设有游击将军府、官井、关帝庙、戏台和文昌阁。有关精神生活的，世俗生活的，全有。这些建筑非常精美，高大的城墙用砖，也用干打垒方式筑成，因为少雨水，虽经几百年驳蚀，依然完整，雄风犹在。站在关城的楼上，可以瞩望那祁连山浩渺的雪峰，如同蜃景梦幻一般，为国尽忠，碧血丹心的壮志情怀会油然而生。五里一燧，十里一墩，三十里一堡，百里一城。这样的气魄在静穆的雪山映衬下，何其浩荡！箭楼、敌楼、角楼、阁楼、闸楼，直矗青空。角楼和城堞上旌旗飘舞，阳光毒烈，仿佛是当年燃起的烽火，炙烤和烧灼着这关里抵抗与守卫的历史。黄沙就如浩瀚的史册，一切向我们袭来，让我们与历史的灼热感纠缠、熔化。让我们汗如雨下，心不能平。"马上望祁连，奇峰高插天。西走接嘉峪，凝素无青云。"明陈棐的诗就像嘉峪关和祁连山的壮美辽阔。明戴弁的"北上高楼接地荒，高原如掌思茫茫",是此地此情的真实写照。清裴景福的"长城高与白云齐,一蹬危楼万堞低",对嘉峪关充满了莫名的敬畏,似乎是在写一个人类无法到达和生活的地方。

从嘉峪关到敦煌的路上,如果我们不是坐汽车,是打马上路,作为沉重的旅人,我们将如何书写和表达这一切?车即使在宽阔的柏油路上行走,心情依然充满了荒凉和伤感。没有一滴水,干枯的河床上,只有芨芨草稀疏地生长,还有一些废弃的土墩,是汉朝还是唐朝,是明朝还是清朝的长城遗址?还有一些死者的坟墓,它们只是一堆干燥的浮土,好像一阵风就要将它们抹平。是什么原因使他们长眠在这茫茫的戈壁之上?是那些远离家乡、战死沙场的士兵还是匈奴人?寸草不生的坟墓,他们的死亡如此苍凉。如果有一些葳蕤的青草,他们与大地融为一体,并且有一些大地的生物陪伴,有水和鸟声,有遮蔽,这该有多好!死亡无论怎么说也是一件羞耻的事,会让亲人伤心,让路人恐惧。但是戈壁滩上的死亡是随意扔弃的土堆。只有那些箭楼、那些烽燧,那些高入云端的长城,逶迤在祁连山下。历史只留下一些高大的骨头。

敦煌，又是一座漂亮得难以置信的城市，一块翠玉般的沙漠绿洲。在这里，人，终于顽强活过来了，纷繁的历史远去了。

敦煌在河西走廊的最西，与新疆的哈密相接。据说敦煌跟张掖一样，是汉武帝赐名。但事实是，在张骞打给汉武帝的"报告"中就出现了。"敦"是大的意思，来自匈奴语。

在陆地的丝绸之路上，从长安出发，必须经过玉门关和阳关，沿昆仑山北麓和天山南麓，分南北两条通道，南线出敦煌，去楼兰，越葱岭到达安息（今伊朗），再到古罗马。北线由敦煌经高昌、龟兹，越葱岭而至大宛（今哈萨克斯坦），后来又开辟出经敦煌到伊犁，至古罗马帝国。但无论怎样，敦煌都是必经之地，因此繁荣无比。在中西交通史上，它有个名称：咽喉锁钥。我看到内地许多地方都有这个称呼，但敦煌却是个真正的咽喉锁钥。欲去往新疆，只有这一条路。党河是敦煌唯一的河流，它也有许多泉水，所以农业比较发达。

我们在鸣沙山和月牙泉度过了一个干燥但凉爽的夜晚。风呼呼地将沙子往山顶上吹，这多么奇怪。沙子吹成的山脊像是刀切的，薄而流畅。有人吹落的帽子一个劲地往山上翻去，看着看着小了，看着看着翻过了山头，消失了。而月牙泉的水非常清亮，水边的芦苇在八月就抽穗，在风中狂野地摇曳，仿佛在呻吟和喊叫，一弯冷月高挂在蓝得像玻璃一样的天上，那些泉水边的亭台楼阁，娘娘殿、龙王宫、菩萨殿、药王洞、雷神台，被风沙蹂躏得露出木胎的建筑群，像是一些怀揣经书万卷的古代高僧，游弋在这大漠的夜晚。这儿离世界多远？风吹沙子的声音像是穿过深邃的时间，把一切往上拽，拽向青空，拽向虚无。

莫高窟没有我想象的雄伟。它几乎蜷缩在沙漠中，不是一座山，是一个沙漠中的高坎。但它叫山，叫三危山，前临一条干涸的河道，叫宕泉，多么美妙的名字。其实它在鸣沙山的东面断岩上，30米高，有的仅10多米，也就是沙漠的高处，因而叫漠（莫）高窟。凡圣地都要赋予它一个神奇的传说，莫高窟也不例外。说是一个云游的僧人叫乐僔，在公元366年路经此地，忽见山头金光闪耀，如现万佛，于是便驻足下来，开始在岩壁上开凿洞窟。这个传说在八月炎热的太阳中可以找到答案。一个在酷热沙漠中的跋涉远行者，一定口渴难耐，眼冒金星，四周毫无遮拦，他因为缺水而致幻觉。但宕泉当时一定水流丰沛，有了水，他可以在此定居。当时也应该有人烟。不然，他不可能以一己之力凿洞窟。他需要信徒的供养，他还要付钱，要请人，要大量的凿洞工具。如果是荒无人烟之处，这一切都是空话。当然，公元四世纪是佛教在中国的鼎盛时期，那些河西走廊和接近西域的游牧民族与部落笃信佛教，人们虔诚无比，在沙漠的荒凉之处兴建一个千佛之窟的热情想必是非常高的，加上一些权贵和商人的投入，一洞引来万洞开。那些跨越千年的佛像、壁画、经卷，成为了一个时代辉煌的见证。它洞窟的美丽也不禁让人想到丝绸的绚丽，与这沙漠单调、凝重的色调完全不相符。而整个的风格，来自西域。看看那些飞天女神，她们的衣袂，她们的琵琶，她们出现的场景，仍旧鲜艳逼真的色彩，让人心驰神往。敦煌作为印度佛教东传的重要一站，这个被时间遗忘的莫高窟作为了顽强有力的佐证。

敦煌石窟现存500多个洞窟中保存有绘画、彩塑492个，按石窟建筑和功用分为中心柱窟（支提窟）、殿堂窟（中央佛坛窟）、覆斗顶形窟、大像窟、涅槃窟等各种形制，还有一些佛塔。窟形最大者高40余米、宽30米见方。最小者，可以忽略不计。据说，凿窟是凿窟的，窟凿好了，让有钱人来请画工画壁画、雕工雕菩萨。

有一个窟我们看到盛唐时期保存完整的雕塑，气度雍容华贵，又看到清朝时加塑的菩萨，简直面目狰狞，不像菩萨。导游解释说因为清朝的佛教衰落，人们不再虔诚。但也许是没请到好的凿工与画工吧。就这样了，不然，到了清代，不会让那个湖北的王道士把这几万件经卷贱卖给西方人。

为什么要由一个道士来管理佛教事务？这只能证明衰败的佛教已经连和尚都难找了。湖北麻城的王圆箓道士，逃荒到河西后加入戍边，退伍后无家可归，滞留在敦煌。据说在去到敦煌石窟时，莫高窟分成几片，有一片叫下寺的荒凉破旧，无人管理，他就住下来管理守窟，每天清扫，混碗饭吃。但王道士住下后清理洞窟淤沙，修三清宫（俗称三层楼），还是做了些事。他雇请敦煌贫士杨果为文案，让其抄写道经，发售道教信众。后来"下寺"因道教香火盛了，朝山进香者络绎不绝，王道士便在今天编号的第16窟甬道内设案，接待香客，代写醮章，兼收布施，登记入账。"光绪二十六年（1900）初夏，杨某坐此窟甬道内，返身于北壁磕烟锅头，觉有空洞回音，疑有秘室，以告圆箓，于是年五月二十五日半夜相与破壁探察，发现积满写卷、印本、画幡、铜佛等的藏经洞。"

这些如山的经书共有五万多卷，包括公元三四世纪时的贝叶梵文佛典，用古突厥文、突厥文、藏文、西夏文等文字写成的佛经，世界上最古老的手抄经文。出土的藏经中还有禅定传灯史的贵重资料，各种极具价值的地方志，摩尼教和景教的教义传史书等，被王道士断断续续卖掉了四万多卷。

国宝经卷不管什么原因流散于国外，已经被时间五马分尸。而当时王道士报告给官府后并未引起重视，不就是些庙里的经书嘛。有懂的，找王道士索要，求官，卖钱，中饱私囊。信仰崩滑的年代人们看重的是金钱，没有对宗教的敬畏。后来因为大部分被卖，1910年，风雨飘摇的清政府下令，把剩余的敦煌卷子全部运往北京保存。在运送的迢迢路途上，几乎每到一处都失窃一部分。听说"十年浩劫"中敦煌本地竟有一捆捆经卷在抄家时被抄了出来，这真是天下奇闻。

我曾在俄罗斯圣彼得堡的冬宫，看到过多幅收藏的敦煌壁画，色彩富丽堂皇，一如新饰。它们就是1914年至1915年，俄国奥登堡率考察队在敦煌和莫高窟，收购和窃掠走的第263窟的多块壁画。但我在敦煌看到的壁画都有变黑，人的脸，几乎全是黑的，特别是西夏时期西夏人画的众多佛像。敦煌壁画的散失太令人心痛，中国的文化劫难太多。走在敦煌正午的烈日下，宕泉河没有了一滴水，河床裸露，像是死去了千年。热汗涔涔地放眼三危山四野，一片黄沙卷热烟，生命的迹象也难寻找。敦煌就蜷缩在这里吗？这就是赫赫有名的敦煌？它的出身如此低微，貌不惊人，蓬头垢面，弃于荒野。但它却惊艳了世界。我只能感叹文化到了一定的巅峰，纵然破落衰败，也难掩其辉煌炫目，绝俗容姿。虽然文物尽失，但石窟中的国宝依然琳琅满目。而且"敦煌学"成为了一门国际研究的热门显学，这也是不幸中的万幸吧。

云南片断

气　流

当飞机开始在云南下降，颠簸得异常厉害，就像即将要"失联"的样子。

怪飞行员吗？我说，这个飞行员是个开"麻木"（三轮摩托）的水平。

其实，高原上的气流流动异常活跃，且是横冲直撞的。

这很好。高原是有神灵的，而神灵的神思正在奔跑。我们的飞机，正好撞上了神的神思。在这股所谓的"乱流"中，连铁也会颤抖，而且是庞大的铁。

神的思绪多么有力。它在大气里流动，你看不见它，它指挥着世界，你逃不过它。

群　山

安静的群山，排列着，坐在高处。

它们是老人，所以坐得很高。

它们有许多人，围着我们。

这是什么意思？

是怕我们受到侵害和打扰？

是想占据更多的地方，成为它们盘踞的领地？

有时候我们尊敬它们，是因为它们高大。让人类蜗居在狭长的河谷地带，被它们的霸气所臣服，让人类的生活局促、逼仄——他们自谦在"牦牛角尖的地方"，而石头无声地行使着至高无上的权力。

在云南，我看见太多的群山。有时候觉得它们是神，有时候觉得它们是魔。人类如此卑微，还要崇敬它们。也许，人的命运只能如此，特别是，那些住在群山之下的人们。

大理的老房子

二十年前我去的时候，走进大理古城，一眼见到的，是一排低矮老旧的破店铺。

风花雪银、寸家百岁银坊、福顺祥、吉利银器……

二十年后，依然是它们，依然老，依然墙体驳落，摇摇欲坠，屋顶上摇曳着瓦松。

任何地方，推土机都在窥伺着它们，想将它们铲除。还有开发商和黑社会，都对它们虎视眈眈。因为它们太衰老，不堪一击。二十年，多少这样的老房子灰飞烟灭，成为恶俗水泥建筑的牺牲品。成为怀念。

那么多全世界跑来的人，人挤着人，来到大理，不都是来看这样破旧的老房子的？太挤，人太多。人太多，是因为这种老房子太少了，只有大理或者丽江保存了它。往后推五十年，哪个县城又没有大理一样的城墙？哪里没有大理一样的老街？每个县都是大理和丽江。然而，如今，只有大理是大理，丽江是丽江。其他的，全没了。

丽 江

一

八百年的路。八百年的石头。

是麻石。风化得太厉害。已经凹凹凸凸。根本不能称为路。已经不能成为街道的组成部分。还死尸一样地躺在这里,像一些朽骨,岁月的朽骨。

磨鞋。再好的鞋也会磨去,比刀还狠。

一个穿高跟鞋的女人会被崴脚。如果她偶尔闯入这个叫丽江的古城。她会狼狈不堪。

可是我一下子回到了八百年前。马帮的铃声在早晨清寂的街道上走过。店铺的排门没有打开。薄雾在街巷流溢,纳西人的炉子也没有升起早起的炊烟。矮脚马打着响鼻。他们大包的货物是通往远方古道的沉重的风景。

这多么美!

古老的路也许是最美的。慢,但美。

慢悠悠的生活,走着路,看着脚下,选择着下脚的地方。每一步都记得。在想事儿。呼吸均匀。想昨夜的梦，梦里的女人。在惺忪中慢热。因为此行太远，不要着急，时间有的是。

不像路。像走在山间。

好在这里的人不会撬动它。不会另外在上面铺上水泥或者沥青。他们知道，要有一条这样的路，让步子放缓，来看两边琳琅的风景。

二

我走到一个叫卖草场的小街。当地人叫它"日其塘"。这片狭小的空地是马帮添加草料的地方，也是歇脚休整的地方。

嗯，就叫卖草场。直奔这里。马们在这里成群，驮上新鲜的草料。而马帮的人们抽着烟，在这里说着话儿。全是熟人。也不全是。交易。坐着。暂时卸下大包的茶砖、布匹、药材、玉石、烟草。从很远的地方来。到很远的地方去。

卖草场的气味是新鲜草的气味。可以有马粪。还有马的叫声，马打斗的声音和寻找配偶的声音。马锅头（马帮的头领）臂上的银饰闪着权力的光。黝黑精瘦的人们，长途跋涉的行者，他们是这个地方的生气。

现在他们全都不在了，远离了，死了。卖草场还在。他们买过卖过的地方还在。他们的魂还在。身旁穿行的人流不真实，只有我们想象的马帮和堆积如山的草料是真实的。气味久久不散。这是岁月累积的。历史看起来虚幻，但比现实更真实。

三

一个晚上，摩梭人的店铺里，一个女人的织布机还在响着，她的梭，在经纬线上奔跑。

她的眼神那么专注。织机上，只有红白黑三种颜色。而她的花腰带却七彩缤纷，是她自己织出的，她的腰里围着一弯彩虹。

就像乡村的夜晚，待家人睡去后，一个勤快的摩梭女人，坐上织机，开始了她的工作。可是，她的店铺的对面，夜晚的歌舞正在疯狂上演。只有几步，就是丽江娱乐城。丽江义乌小商品市场。丽江集贸市场。丽江精神病集散中心。就是醉生梦死。丽江死了，今夜。我只听到那轧轧的织机声，很小，要仔细倾听。我听到了摩梭女人的心跳。

我决定买下一条围巾，不管多贵。那上面有摩梭女人所有的体温和投注。还织进了夜晚安静的织机声。

四

马帮们依然待在古城里，叼着烟，戴着牛仔帽，骑着矮脚马，成为表演。

我在小巷里，看着牵马的人来了，大叫着："花姑娘来了！"

一个搔首弄姿的中年妇女，坐在马上，气宇轩昂，俨如新娘。

马帮应该是沉默的，因为行远路，语言变成了石头和风。只有呵斥牲口。可能恶语相向。可能咳嗽，因为抽烟和伤风。也可能，向后面传递安全的信息。

马帮们的马异常漂亮，我欣赏着。这些马温驯、坚韧、沉默。还有着属于它们的途标、马旗、响铃、毛渣、花缨、绣球等佩饰。一如它们去往远方跋涉的祖先。

只有马是不会变的，它们属于古老的生活。

五

雪山上的水流下来了。它们日夜不停，汩汩而行。

傍水而居的人，每天看着它们，听着它们，嗅着它们的清新气息。每天，雪被分解成流水的声音。那么多，没有工厂，可是冰雪自然融化了，成为流水。

有几千年了。不止吧？也许有几万年几十万年了。几百万年，也许。

玉龙雪山

一

玉龙雪山。众神的居所。鹰的故乡。

白云和天空的婚床。满头飞白的山。

拒绝草木。不需要任何掩饰。

只有石头属于时间。雪属于时间。

生命中的一种白。在最高的地方。

二

我到达了4506米的高度。我拍照留念，摆酷。我还要往上。我在突然遭遇的雪地上打滚，双手冻麻了。我没有高原反应。所有人发狂地在雪地上奔跑。雾像舞台上的道具。是不是在天上？我竟然到达了我所歌颂的神的居所。是谁把我送上来的？我有什么资格在这里欢呼和撒野？我是不是在亵渎？

云在我身旁漫卷。这些白得像梦的丝绒的物体。

这么洁白的雪和茫茫的雾。也许神去睃巡另外的山头了。他在更高处看我们糟蹋他的寝宫——那在寒冷中远离人间的雪庭。

三

扛不住了,这些租来大衣的凡人。

一些人开始打战。开始呼吸困难。

一些人开始祈祷。一些人开始吸氧。

一些人开始撤退。一些人不见了。从哪儿来,还从哪儿回去。

我后来悄悄走了。我听见了神无声的呵斥。我听见了我被神山驱除的声音。

虎跳峡

一

虎跳峡谷,万兽犹斗。

纵然荒吼,群山不应。

长江万里,唯你血性。

水犹如此,唯何以堪。

二

我录回了虎跳峡奔腾凶暴的水声。

我在安静的书房听这混乱咆哮的声音,这自然的声音。听力量和愤怒。莫名的,被什么东西激怒过的,日夜不息的狂喊乱叫的声音。

水从哪儿来的?水在石头周围分裂出无数图案,水在夺路而逃。

无数潜藏在水中的浊龙,扭动着它们凶悍的躯体,在水里钻来钻去。它们是这个峡谷的主宰。千万年的荒兽。

三

我想起在1985年首漂金沙江虎跳峡殉难的尧茂书,我至今记得他临行前的神情。要让中国人成为金沙江的首漂。电视上我看见他投入水中,浊龙将他吞噬,那些水中巨大的石头将他密封的羊皮筏子撕得粉碎。他无影无踪。

至今还是无影无踪。

还有更多死去的来者,也是无影无踪。水没有饶恕他们。

就是那些石头。狰狞了一亿年的江中巨石,就是在某一天等待敢于挑战它的人。

一块又一块石头。不可战胜。

香格里拉

一

所有神山的轮廓都是最简单的。

玉龙雪山。哈巴雪山。梅里雪山。南迦巴瓦峰。贡嘎山。雀儿山。三奥雪山。都是。

线条简洁,可是,高。高和洁白,和雪,终年不化的白色是它们的威严。

是它们组成了香格里拉。跟金字塔一样。是大香格里拉地区一座连着一座的金字塔。

二

香格里拉,是香巴拉的国土。圣湖。庄严的云彩。一切仿佛在天上。这里什么也不缺,唯一缺少的是氧气。不需要太多的肺部吐纳,神灵的呼吸缓慢,时间在静止。

就像天空的鹰，钉在云上。咆哮的声音远去，寂静是神山的根。

已经接近了天空。那种深蓝已经到达了天空深处，云彩触手可及。这是天堂。这就是香巴拉。天正在我怀里。

三

普达措。碧塔海和属都湖。不声不响的净土。

森林森森。圣湖寂寂。杜鹃烈烈。牦牛是高原大地上最安静的哲人。

在碧塔海，几株巨大的树倒在湖边。但是，它们依然活着。还有几棵树死了，倒在水里，从水中伸出它们光秃秃的手臂，可是它们的姿态依然优美。

在这里无论生还是死，都是美的。生命超脱了轮回。它们的存在，是神的现身。

四

独克宗古城。传说中的月光城，茶马古道上的千年重镇。

它的废墟上似乎还有袅袅的青烟。一股悲凉的煳味弥漫在山顶巨大的金色转经筒上。

香格里拉的古街。一个上海商人烤火的悲剧。半夜时分,你为什么怕冷。愈靠近神愈冷?烧掉的是街,天空依然很蓝,不在乎地上的这点废墟。

那个巨大的转经筒,消弭了天地的嗔痛。

我走在废墟上。四方街成为一片瓦砾。纵横交错的石板路,一队队的马帮,摩肩接踵的人群,被火驱赶,成为空旷的遗址。水在呜咽。

风马经幡猎猎抖动,飘扬着。香格里拉,你千年白色雪山的倒影,终于逃不过今天,被烧灼成焦黑。

他们说,月光城死了。月光一地,照着废墟。

一个拉弦子的藏族人

他拉着弦子,他跳着弦子舞。他一个人。他个子高高的,脸膛红红的。戴着厚厚的毡帽,穿着藏服。

弦子。"兵央"或者"热巴"。藏族胡琴。

简陋的胡琴,琴杆和拉弓很短。弦是马尾。弓弦是马尾。琴筒是挖空的香格里拉之树。羊皮或牛皮的筒面。不是独奏,不是在月光下独诉。是跳着,在舞蹈中拉动和演奏。

他在拉一曲藏歌。他在跳一曲藏舞。刀在他腰间。他那么热烈,也那么淡定。

他结束了,拿起一瓶啤酒当水喝了。他要回家。

天还没有全黑。我在楼下问他,你多大开始拉弦子?我很小放羊的时候就会拉。你现在干什么?还是放羊。

我有一百只羊。他说。

他骑着摩托走了。他在草原上,在世界最后的净土香格里拉放羊。跟着白云和雪山一起放羊。在圣湖和神山边放羊。

他在我们遗忘的地方放羊、演奏和舞蹈。

天山之南

一

从敦煌到哈密的路上，500多公里，经过一个叫苦水的地方。水一定是苦的，才狠心取下这个名字。看见了大漠落日，而天山雪峰巍峨壮丽，渐入云深处。我们走在天山之南。这令人晕眩和无望的戈壁，一路上没有任何变化。有一点点山冈，小得像一座坟或一个古代的烽火台遗址。云像是堆积上去的，并在暮色四合中开始安睡。低洼处，是白花花的盐碱沟，会有些低矮的芨芨草和芦苇，要死不活地活着，它们的一生是悲惨的一生，作为植物，它们没有看见过雨水，也不知道荫凉何为。

天空的蓝色是一种遥远的荒芜。草籽是什么时候埋下并不再做梦？它们是否还在灼热的砂砾中等待，在某个未来的一天，从雨水里钻出来，重获生命？

风从远古奔袭而来，即便带来战马的嘶鸣，但明显地，这只是一种历史的伤风咳嗽和千百次沙漠噩梦的翻身辗转。风抽打着故城断墙，残缺烽燧，就像失败的入侵者再一次的反扑。风摇曳着灵幡开路，而英魂们在后。那些长相怪异的芦苇、芨芨草、红柳、骆驼刺、罗布麻是那些战死的士兵，它们溃散在戈壁上，至今，还在孤独地、忍饥耐渴地活着，在这无边无际的荒凉的狂野。高大的草木都是那些远逝的英雄，他们打马而去，留下风沙漫漫的背影。砾石伪装成这块土地的历史，让人们无奈、沮丧和绝望。

鹰也离开了，天空因此显得格外悲伤和孤独。大海和季风离它们太远，如果让暴风雨猛烈地践踏和蹂躏一次，那将是它们生命的狂欢，让惊喜和欲望在新婚般的期待中复活，但这只是一万年的梦。绿洲是有可能的，但那些随处可见的草木的葱茏，那带着河流光芒的枝叶，仿佛被天空吞噬，收走了。还有那些壮怀激烈的灵魂，也被天空吞噬。他们曾经折柳西去，送别故人，马背踯躅，但从不回头，在没有人烟的地方，默然前行。

雪山完整无缺，像巨大的晶体守护着这千里驿道，千里顽强存在的绿洲。多少人也曾经让一路花朵相随，这是多么欣喜的旅程。但干旱从何时开始，成为常态？它诅咒着战争和烽火，还有这吝啬的雨水。雪山在退却，只剩下褴褛的外衣。水躲在深深的地底，在石头和沟壑里哭泣。

道路被各种遗弃的河流和风痕取代，戈壁迷失了方向。它知道再也不能走到哪里，干脆不要道路，让风沙泛滥，天空成为假想的河道，夕阳西下，红水四溢。

沿着这条通往西域的道路行走，似能在戈壁的雪山下听到战马咴咴，征夫夜泣。那些寺庙，那些坟墓，那些陪葬的物品，都萦缠着那个时代远去的烽烟。

城墙在戈壁的冷月下叹息，衰草在夜半摇曳哀伤。风是这儿唯一的倾诉者，独言独语。河流是风暴的形状，四处泛滥，但早已干涸，像一具大蛇的死尸。秋风会把大地收拾得干干净净，包括那些战场上的箭镞、车毂、马鞍、刀戟，把它们埋住，像埋一堆垃圾。一座座残存的箭楼和烽墩，是一座座即将抹去的历史墓碑。

在英雄出没的时代，黄沙退却，不会如此荒凉。战马的嘶鸣胀满了夜空，那个历史因此被放大。沙漠的生命是要用英雄气质浇灌的。

二

我们穿越河西走廊之后,又将穿行南疆,也就是从新疆的东大门哈密一直驱车向最西的喀什。

哈密是唯一一个地跨天山南北的地区。翻过天山就到了北疆,到了乌鲁木齐。但它又与蒙古有漫长的边境线,达580多公里。因此,看起来这里也是与南疆一样的太阳和戈壁,但在天山以北有广大的森林和草原,有雪山和冰川。而且,哈密这块大盆地是一个巨大的绿洲。在南疆,万里戈壁中最大的绿洲就是哈密了。哈密的天山国家森林公园几乎不可能出现在哈密,但却是事实。这里高山冰川、浩瀚林海,茫茫草原,牛羊遍地,与沙漠戈壁扯不上一点关系。哈密瓜,哈密大枣,都是它的赫赫名片。但也有吐鲁番的朋友说,当年哈密回王献给朝廷的瓜产自吐鲁番,只有吐鲁番的香瓜才是最甜的。但一路我们在南疆吃到的瓜果,都非常好。甜瓜、西瓜、葡萄、大枣,肯定是全国最好最甜的。因为南疆日照时间长,昼夜温差大,适合糖分聚积储存。

哈密地区主要经天山雪水作为生活和耕种的水源,

有冰川226条，所以，虽然干旱少雨，但作为沙漠绿洲，它又有得天独厚的条件。维吾尔族人以面食为主，到达哈密后，吃到了地道的维吾尔大餐，有馕、油塔子、抓饭、凉皮、曲曲儿（馄饨）、萨木萨（烤包子）、皮特尔曼塔（薄皮包子）。皮特尔曼塔很大，里面是南瓜。还有焖饼子、油炸馓子、手抓肉、灌面肺子。特别有味道的是大串的红柳烤羊肉，两三串就吃饱了。肥瘦相间，味道鲜嫩，是用沙漠中的红柳枝串上羊肉烤的。主人不停地给我们的薄荷茶加蜂蜜，在如此炎热的地区，加上夏天吃羊肉会让人发燥，薄荷茶正好清热解暑。

哈密是西域与中原文化的交汇地，历史上是汉朝与匈奴激烈争夺以制西域的战略要地，交通要冲。城市的风格有维吾尔族和汉族的元素，也有回族、蒙古族的元素。像回王府和回王墓，将几种建筑风格统一在一个建筑之中。

回王府在市区，因20世纪30年代农民暴动被毁，重建于80年代。清朝哈密回王因与朝廷关系很好，平叛有功，是被清廷任命的，世袭九代。在回王府展览馆里，我们看到，1697年一代回王额贝都拉助清廷平定噶尔丹叛乱，被册封为"一等扎萨克达尔汗"，其部被编为蒙古镶红旗。回王为维吾尔族人。当地的朋友告诉我们，仔细观察，这里的维吾尔族人与往西走的维吾尔族人长相不同，接近汉人。越往喀什走，维吾尔族特征越明显。这证明，哈密的民族融合是数千年的结果，而且维、汉、哈、回各民族比较亲密，没有矛盾，语言也没有障碍，都能用汉语说话。再者，这里因靠近内地，教育发达，农业也发达，与内地看不出有什么差别。

回王墓在城郊的回城乡阿勒屯村。"阿勒屯勒克"意为"黄金之地"，这是回王家族的墓地。七世回王伯锡尔陵墓穹顶高矗，四周墙壁镶嵌绿琉璃砖，初看是阿拉伯风格，但又有中式八角攒尖顶及蒙古式盔顶的木质结构建筑形式，这也表明，这些文化在这儿和谐相存相融，已经分不出彼此，你中有我，我中有你。穹隆顶覆以苍绿色琉璃砖。整个建筑雄伟高大，素雅庄严，是新疆伊斯兰建筑中的佼佼者。

回王墓附属的清真寺名为"艾提卡尔"（一名艾提尕尔），相传为四世回王优素福（1740—1766在位）所建，占地2280平方米，寺内有大红柱108根支撑开阔的平顶。有的梁柱因陈旧被换掉，但大多是三百多年前的原件，因空气干燥，少有风化和腐朽。寺顶彩绘花草图案，并开有天窗。寺内四壁书古兰经文。这个外观并不高大的朴素的清真寺，却是哈密穆斯林肉孜节和古尔邦节欢聚的场所。寺内可容纳5000人礼拜，而寺外可容纳一万人礼拜。其场面一定相当壮观。它居哈密清真寺之首，也是中国第三大清真寺。"艾提尕尔"是节日的意思。

三

虽然，在哈密近50万人口中维吾尔族人只有8万人，但维吾尔族人在这儿创造的音乐却是令人震惊的。这里有一座漂亮的木卡姆博物馆，我们也观看了一场让人感动的木卡姆表演。音乐虽然热烈，我却听出了伤感。这些木卡姆也是一个民族的心声吧。想一想，作为丝绸之路上的重镇，西域的门户，华夏文明、印度文明、古希腊文明、美索不达米亚文明都在这儿冲撞过，留存过。而佛教、基督教、伊斯兰教也在这儿战斗撕扯。三大语系阿尔泰—乌拉尔语系、印欧语系、汉藏语系都在这儿留下过深深的印痕。这里的音乐曾经让唐代诗人们高适、岑参、王建等沉醉并讴歌。

木卡姆是阿拉伯语，是位置、地位、等级的意思，也是曲调、歌曲、乐曲的意思，现在也有古典乐曲的含义。成套的大型乐章才能称之为木卡姆。在这里展出介绍的十二木卡姆，其实是新疆音乐的总称。木卡姆虽然是阿拉伯语，但并非来自阿拉伯，依然是维吾尔族人的音乐。在天山南北，在叶尔羌河谷、塔里木盆地、吐鲁番和哈密流行，是维吾尔族人生活的一部分，是他们心灵的歌声。尔后的几天，我们不仅看到了哈密木卡姆，还在喀什麦盖提县的刀郎地区看到了刀郎木卡姆。

哈密木卡姆是流传在新疆东部哈密市的陶家宫乡和伊吾的淖毛湖绿洲一带。是一种有着悠久历史传承、篇幅结构宏大完整的大型维吾尔音乐套曲，共有"琼都尔木卡姆""乌鲁克都尔木卡姆""海海约兰木卡姆""加尼凯姆木卡姆"等12套，其中7套包括两个乐章（即两套曲目），共有258首曲目、数千行歌词。当地文联同志给了我一本精美的《哈密木卡姆》，里面有极其完整的历史介绍、音乐知识和丰富的歌词。说到它的源头，与"伊州乐"有关。伊州是哈密的古称，与龟兹乐一样传入中原深受民间喜爱。从历史上看，正如当地朋友所说，"伊州乐"相当于汉族李白、杜甫的诗。而《乐府诗集》中的伊州乐竟收入的是王维的一些诗。如"清风明月苦相思，荡子从戎十载余。征人去日殷勤嘱，归雁来时数附书"。这首题目就叫《伊州歌》。还有"三秋大漠冷溪山，八月严霜变草颜。卷斾风行宵渡碛，衔枚电扫晓应还"。我在想，是否当时的哈密人都能传唱汉人王维们的诗？还仅仅是王维用了伊州的曲调？但不管怎样，木卡姆现在是属于民间的，是维吾尔族人过节、婚礼、割礼、宴会的表演，这表演不仅有弹唱，还有大量模仿鸟兽如骆驼、鸡、鹰、魔鬼的舞蹈。

恕我不引用这本书里面的歌词。那些幽人思念的，那些贬客倾吐的，情真意切，无不打动人心。

也许一把热瓦甫，一把都塔尔就可以倾诉内心的苦乐怀念，但木卡姆有多种乐器伴奏。我们在哈密看到的除了热瓦甫和都塔尔，还有弹布尔、萨塔尔、卡龙、达普（手鼓）、艾捷克、沙巴依、阔揎子、巴拉曼、乃依、胡西塔尔、塔布拉、冬不拉等。我们一般在内地见到的达普是羊皮的，但在哈密，也有马皮和驴皮。鼓框是用葡萄木或胡杨木制成，但大部分鼓面是蟒皮。纳格拉是用双槌敲击的大鼓，苏尔奈有点像汉族的唢呐。羌则像汉族的扬琴。

木卡姆是一个民族历史和情感的记忆，也是生生不息的情感发泄和对生活的赞美。它有口头叙述的特征，也有民族的神话、英雄、饮食习俗、劳动生产。一个民族活生生的历史全在其中。

我们观看了约一个小时的木卡姆表演，这些演员全是地道的农民，有诙谐的老人，有个子高挑的维吾尔族姑娘，她们漂亮的彩裙，头上的多条辫子，旋转起来像一道道流光溢彩的河流，伴舞的小伙子矫健灵活。边弹边唱的歌手唱道："杜鹃在山上唱歌，歌声是那样悲伤，愿咱俩交个朋友，你我都无家可归……"有一首这样唱："我趁着夜色而来，沿着水渠里走过来，小伙子的手已被束缚，被少妇的头发缠起来。美丽美丽真美丽，你的美丽让我爱你，美丽的少妇啊，阿亚莱。"这个歌舞莫非表现的是偷情？因为木卡姆一般唱爱情的对方为"情人"，少妇是指结过婚的女人，别人的老婆。这很让我不解。

木卡姆的音乐热情洋溢，节奏欢快，但我真的听出的是深处的伤感，禁不住眼湿。我听出了一个民族在大漠之中的不停迁徙和艰难的生存。虽然多有幽默逗趣，但内容大多还是对生活的抗争和感叹，对美好爱情的向往，对黑暗和不公的诅咒。木卡姆浓郁的西域色彩，一定会把我们带向远方，而我们正在这个"远方"陶醉。

任何一个民族都是伟大的，你看他们的自信，他们肢体的舒展，服饰的艳丽，乐曲的动人，过目难忘。闭上眼睛，全是那些旋转的光影，五彩斑斓，像一道道彩虹。

哈密木卡姆另一个与南疆其他木卡姆迥异的特征是：它与内地西北的秦腔和花儿等音乐十分相近，仿佛有着黄土高原的部分血统。这真是神奇的音乐。

四

从哈密到吐鲁番400公里。经过一个叫哑口的地方。风大，全是发电的大风车。这凛冽的大风吹得人哑口无言。司机的方向盘都快握不住，风把汽车吹得摇摇晃晃，司机就像是与风拔河，嘴里不住地嘟囔。吐鲁番是中国海拔最低的地方，海拔负150米。所以，翻过哑口，往前方的火焰山去有几十公里的下坡路，两边全是赭红色的石头，像是被火焰烧过的。山势奇特，与我们心中的火焰山几乎一样，非常险峻。

我们下到了吐鲁番盆地的最低处，盆地的中心。这里是中国最低的地方，是世界第二低的地方，仅次于约旦死海。火焰山是一个景点。虽然我们要求师傅停车在最震撼的地方照一张火焰山，但前方已经有吐鲁番的朋友接待我们，只得与他们会合。但山的气势已经慢慢不如所经过的地方。其实火焰山不是一座山，是一条山脉。维吾尔语称"克孜勒塔格"，意为"红山"，古书称之为"赤石山"。它东起鄯善县兰干流沙河，西至吐鲁番桃儿沟，是一条横卧在盆地中的赤色巨龙，全长98公里。果然，在最低的盆底，靠近公路边，有一个景点，有简易的大门。里面有不少游人。有火焰山石碑，有孙悟空、牛魔王、铁扇公主的雕像，还有一根金箍棒式的巨大温度计。这天，听说我们遇上了千载难逢的下雨。因为这儿基本无雨。雨虽然只有不大的几点，但乌云让天阴了。这里的人说，乌云也是难见的，是我们带来了喜雨。这里的年降雨量只有16毫米，估计也就南方5分钟的降雨量。这天加上风大，阴天，气温只有40℃。所以他们才说：今天才40℃，你们来得是时候啊。因为吐鲁番历史上最高温度是51℃。气温是越来越高了。而地表温度在火焰山会达到80多摄氏度，这是沙地上烤鸡蛋的温度一点不假。

火焰山自然是《西游记》为它做了几百年的广告。想象的玄奘西天取经当然是要经过这里的，《西游记》写道:"西方路上有个斯哈哩国,乃日落之处,俗呼'天尽头'。这里有座火焰山,无春无秋,四季皆热,那火焰山有八百里火焰,四周寸草不生。若过得山,就是铜脑袋、铁身躯,也要化成汁哩!"所以孙悟空三借芭蕉扇才将火扑灭,师徒四人才得以继续上路。

少雨,极度干旱,山头上自然光秃秃的。加上是赤褐色的山体,就像被火烧灼过的,太阳毒烈,红砂岩灼灼闪光,炽热的气流腾腾上升,就像烈焰熊熊,火舌燎天。而且这盆地四周是山,有限的水汽又被天山阻隔。地势太低,山地与盆地在短距离内高差超过5600米,就成为了一个日夜烘烤的大火炉,当地人戏称这儿是个大馕坑。气流下沉增温产生"焚风"效应,人行其中,就如焚烤一般,自古这里就称为"火洲"。好直截了当的名字!它还是"风库",有记载的2008年8月5日的大风达到14级。因此这儿戈壁上到处可见巨大的风力发电风车。

我看玄奘取经的经历,比这其实更惨。他在一个人进入沙漠之后,两个水囊落地,没有了水,在如此炎热的沙漠,竟然有四五天滴水未进,他必死无疑,他的马也只剩下最后一口气了。但奇迹发生,他的马驮着进入半昏迷的他往一条陌生的路去，竟然找到了一处水源，还找到了青草。后来的小说把他的马神化，也是有根据的。对炎热的火焰山的恐惧，简直扑面而来。在古代，每个书写过这儿的诗和游记中，都充满了莫名的惊悚。

可是，到了吐鲁番，才知瀚海沙漠中还有如此甜蜜和葱茏的世界。吐鲁番城区因太过古老而略显陈旧。但是它们掩映在一片片不见阳光的葡萄藤下。我们住宿的葡京酒店就在吐鲁番最著名的葡萄大街边。从楼上望去，看不见大街。但大街很宽敞，藏在葡萄架下。机动车道是大葡萄架，两边的人行道是小架。但都是非常粗壮的葡萄藤，有了些年头。此刻，正是葡萄成熟的季节了，一串串葡萄挂满了头顶，密密麻麻，有大的、小的、长形的、圆形的。当地朋友自豪地介绍说，这条大街在全世界也是独一无二的，一条街上的葡萄有几十个品种。有吐鲁番最多的无核白葡萄、红葡萄、黑葡萄、玫瑰香、白布瑞克、马奶子、喀什哈尔、梭梭葡萄等。在吐鲁番，葡萄品种达500个，当之无愧"世界葡萄植物园"的称号。而无核白葡萄的含糖量可高达22%~24%。它生长力强，结果多。因其无籽，适宜晾制葡萄干。制干后，果粒色泽仍碧绿鲜艳，果肉柔软，色香味俱佳，为国内干果中之珍品，称之为"中国绿珍珠"。因为吐鲁番日照时间长，不仅葡萄甜，西瓜、甜瓜也特别甜。所以当地在争哈密瓜的起源。他们认为，哈密瓜的故乡是在吐鲁番。不仅瓜果，就是棉花也含糖。这里的棉花加工时，还要有一道脱糖工序，太奇怪了。

满街的葡萄，硕果累累，触手可及，但没有任何人采摘。一是市民素质好，二是在吐鲁番，葡萄太多。我还是摘了一串，差不多成熟了。有的好像因成熟未摘还腐烂在枝头。8月20日，是吐鲁番一年一度的葡萄节，我们早来了8天，多遗憾啊。

吐鲁番，维吾尔语意为富庶丰饶的地方。也有说是回语"蓄水"之意。商务印书馆出版的《通名大辞典》释为维吾尔语"都会"之意。也有学者说"吐鲁番"系"吐蕃"的谐音。

这里是西域三十六国之车师国的旧址，但古称"姑师"，在古丝绸之路上，这里战火纷飞，你来我往，汉朝与匈奴进行过漫长的战争。

我们的第一站就是寻访交河故城。交河，就是两河相交之意。它位于吐鲁番市郊的亚尔乡。它曾经是一个城市，而且是一个多么巨大多么辉煌的城市。但现在它是世界上最大的生土城遗址。一片苍凉，断壁残垣，就像是被时间扔弃的城市的骨头化石。你根本无法相信这里曾是有着10万人口的大城市，怀疑这只是一些大漠上的黄土堆，被风化的土山，毫无人类活动的痕迹，是一个传说中的魔鬼城。但事实上，却有标着的中央大街、官署、生活区、集贸市场、寺庙。可是中央大街那么曲折，还是一条爬坡的山道。整个遗址在河岸高地上，气势雄浑，苍茫一片，静默死寂。那些所谓的街道纵横交错，黄得让人晕眩，令人揪心，令人绝望。这座城是由上往下修建的，也即由山顶往下挖。挖成地窖子，盖上土屋顶，于是冬暖夏凉。反正这儿也没有雨水，不担心屋顶漏雨，一些低低的屋顶盖，有的是用芦苇糊泥往上苫的，还有的在顶上开天窗以透气。在这只有黄土的高地上，木材是稀缺之物，几乎没有什么建筑材料，就挖洞吧。于是各种精巧的洞窟，互相连接，结构玄妙。长长的台阶往下延伸，感觉真是怪怪的，走下去豁然开朗，有一个个四合院，里面有各种洞窟，各种用处。生活设施齐全，包括打有深井。这个古怪的城市，看似简陋，其实充满了古人的生存智慧。

这座城市有记载的是，西汉时，是"车师前国"的都城。唐代是驻西域的最高军政机构"安西都护府"办公之地。最早是由车师人建造的。交河故城又称为东方庞贝城，也是世界上最完美的废墟。故城南北长约1650米，东西最宽处约300米，四周有高达30余米的壁立如削的崖岸，完全不怕敌军偷袭，一夫当关，万夫莫开，选这里筑城，应该是天赐宝地。当年崖下一定是河水翻滚，现在只剩下干涸的河床，叫雅儿乃孜沟。当地维吾尔族人把交河故城称为"雅尔和图"，就是"崖儿城"的意思。《汉书·西域传》记载："车师前国，王治交河城，河水分流绕城下，故号交河。"

如果说这是城的话，这就是活生生的鬼城，已经有几千年见不到一个人了，最后一个人离开的时候他会多么匆忙，简直是逃离。人们是如何要遗弃这座曾经繁华的城池？

历史记载，1383年，蒙古人攻破了高昌和交河两座丝路上最繁华的城市。寺庙一一被毁，它的衰落是一个文明的衰落。在考古时，30多口古井里，全是人的骸骨，全是头朝下，这表明，这个城市进行了残酷的杀戮，血雨腥风。战争是破坏力最大的，比自然灾难和岁月风化更为惨烈。

在所谓的中央大道，地面气温常常超过80℃，行人的鞋底会粘在地砖上。这样的气候好像只能掏地窝子，不然是没法生存的。我们一路往上，故城全貌尽在眼底，一片一望无际的废墟，一些用黄土筑就的所谓建筑。街道两边有介绍，有什么纺织、酿酒、制鞋等各种手工作坊，也有军营。坡路杂乱无章，建筑是干打垒，挖的一些洞窟就是人居住的吗？洞窟还小，钻进去不知如何生存，这个城市不是太原始吗？这不是穴居人吗？但事实确凿，佛寺的佛龛里还有比较完整的佛像，藏兵的堑壕里，有开阔的演兵场，有保存完好的佛塔，依然宏伟，它肯定不是大自然的杰作，是人类活动和信仰的证明。何况这里还出土了许多国宝级文物，如唐代的瓦当、经卷，还有车师国的墓葬。但有一个地方有几百个小长方形墓，全是婴儿墓，这又是为何呢？是专为夭折的婴儿准备的？这里，诡异的废墟里有许多诡异的事情。整个城市都充满了不解，让人一头雾水。因为远离我们的时代，这样直接地面对一个遥远的朝代和历史，如此直观，让所有人都成为白痴，而且是一段终止的历史。故城不是古城，故城是没有人烟的，是曾经的城，古城是有人居住的城，有今天。交河故城没有今天，它是一具庞大的死尸。至今，它的悲壮依然触目惊心。

交河在我们的古诗中经常出现。唐李硕的"白日登山望烽火，黄昏饮马傍交河。行人刁斗风沙暗，公主琵琶幽怨多"。李世玉的"塞外悲风切，交河冰已结。瀚海百重波，阴山千里雪"，都是很有名的。

但交河还有水，另一条小河筑了些涝坝，还有几只鸭子。有葡萄，有晾晒葡萄干的土屋，有高高的钻天杨，唯独城里不再有水有人，也不再有屠城。阳光激烈，但天空安静，一只鹰在故城和祁连山雪峰之间飞翔。如果在夜晚，穿行在这千年废弃的城市里，你会听到什么声音？哭号？悲咽？欢笑？琴声？鬼嗥？还是尽快离开这里吧，回到人类和新的生活中去吧。

五

吐鲁番还有一种伟大的东西：坎儿井。

我们见到的坎儿井是在吐鲁番亚尔乡新城西门村，这里的坎儿井有 400 多年的历史。可崭新的水却在欢快地、汩汩地流着，声音清澈，流在古老的渠道里。

也许是因为有坎儿井，我们来到这个村，已成浓荫的葡萄在我们头顶，还有一种药用葡萄，是世界上最小的葡萄，叫索索，晒干后用来治风湿的。坎儿井是在地下，我们进村就听到了地下传来的流水声。因为坎儿井是有竖井的，可以看到水在地下流。而我们脚踏的地上，该炎热的依然炎热，大地依然看不到一滴水的影子，还是年降雨量16毫米的地方。但叮咚的来自雪山上的水，却穿越地下一路欢歌。这的确是一项伟大的发明，是新疆人民在沙漠中生存的奇迹。我第一次听说这么一句话：坎儿井与我国的万里长城、京杭大运河并称为中国古代三大工程。哈，这评价简直太高了。这种暗渠能跟长城和大运河相媲美吗？人家那是举一国之力修建的，而这些坎儿井是一些农民自己挖掘的。但有这种说法，我们表示尊重。当地人介绍说：仅在吐鲁番，坎儿井总数就达1100多条（其实现在因为生态破坏，已经没有这么多，资料上说还有600多条），全长约5000公里。是不是指全疆的总和不得而知。但如果细细了解这项工程，还是得佩服它的伟大，它的艰难。生活的奇迹无处不在，人们战胜大自然，利用大自然也算是绞尽脑汁了。

坎儿井并非新疆独有，内地也有，各省叫法不一，陕西叫作"井渠"，山西叫作"水巷"，甘肃叫作"百眼串井"。但据说是维吾尔族人去麦加朝圣后看到中东有这种井，并引进到新疆。但事实上在西汉就有了。在这样的极度干旱地区，水的蒸发量太大，也许雪山上的水还没有流到村里，早就被太阳和沙漠吸得一干二净。

在新疆，没有坎儿井也许没有人烟，也就没有那么好的葡萄、甜瓜和西瓜。水是人类的生命之源。在这里生活，说白了，就是怎么得到水源和保护水源的问题。"坎儿"就是井的意思。不过维吾尔族的"井"更加复杂，是由竖井、暗渠、明渠和"涝坝"（小型蓄水池）四部分组成。我们走进西门村，就看见了竖井，而深处在流淌的水渠就是暗渠。走过一段，又有明渠。明渠为什么需要？不是让其蒸发掉了吗？一是为人们的生活饮用水，二是，这些水是从雪山上下来，非常冰凉，直接浇庄稼会冻坏幼苗，致使减产，在太阳下晒后增温才可以浇地。另外，明渠蓄水就是涝坝，涝坝可大可小，可以改善干燥的气候。

我们被引入地下看坎儿井暗渠。完全是抗战时冀中平原的地道战，而且比地道更加宽畅。下到地下深处，就看到了坎儿井在地底行走的真面目。那确实不简单，如果这样挖几千公里，可真是要命的奇迹。在地表的沙漠之下，土质是砂砾和黏土的胶结，质地坚实，井壁及暗渠不易坍塌，水也不容易渗漏。但暗渠实在太小，在竖井处大点，往里看，就容一个人匍匐。这是怎么挖的？当初挖它的人怎么操作？的确是一个人挖的，跪着挖掘，天山雪水冰凉刺骨，工人掏挖暗渠只能跪在冰水中挖土，因此，那些从事暗渠掏挖的工人寿命没有超过30岁的。可是，为了生存，不得不这样干。这连绵5000公里的吐鲁番坎儿井——这壮观的"地下长城"，是用多少人的短暂生命换来的。如今有人说因为农业的现代化，灌溉不再需要这坎儿井，巴不得废除掉。这真是无知和无耻。尊重祖先非凡的创造和智慧，这是起码的做人道德，何况，它现在依然以最简单的方式，浇灌着我们的葡萄园、棉花和其他庄稼。而且是一劳永逸的，是子子孙孙受惠无穷的。说白了，我们至今都在喝着祖辈的水。我喝了几口暗渠里的水，非常冰凉，但很清甜。这水在地底没有任何污染，经过长距离沙石过滤，带有大量矿物质，完全可以直饮。现在这里就有一种坎儿井瓶装水，几元钱一瓶。而且，我竟然看到水里有小鱼儿游动。这些鱼是冷水鱼，钻进深深的地底，逆流而上，悠然自得，太有趣了。

在坎儿井博物馆，我们了解了这井是如何挖的，解开了不少疑惑。暗渠的掏挖有的在地底达90米深，先打竖井，再往下游挖。竖井相隔距离相等，为了不让方向歪斜弯曲，在指南针未传入西域之前，吐鲁番人创造了木棍定向法。即相邻两个竖井的正中间，在井口之上，各悬挂一条井绳，井绳上绑上一头削尖的横木棍，两个棍尖互指的方向，就是直线。然后再按相同方法在竖井之下定向，地下的人按木棍所指的方向挖掘就八九不离十了。其实这是根据平行四边形的原理。另外，还有油灯定向法。依据两点成一线的原理，用两盏旁边带嘴的油灯确定暗渠挖掘的方位，这样也可以检验洞内的氧气，如果油灯熄灭了，人就得尽快爬上竖井。在地下的油灯定位也很简单，就是挖掘时，掏挖者背对油灯，始终掏挖自己的影子，就可以不偏离方向，而渠的掏挖深浅，则是以泉流能淹没筐沿为标准就行了。

据说坎儿井在伊朗、俄罗斯等地的发音都是一样的。如今在伊朗、哈萨克斯坦都存在。在吐鲁番，每条坎儿井都是有名字的，有的以挖井人的名字命名，有的以动植物命名，有的以地理方位、水的味道命名。我们参观的这条坎儿井叫米依木·阿吉坎儿井。米依木·阿吉就是开挖这条坎儿井的主持人。这条坎儿井在吐鲁番最著名，已有800多年历史，全长25公里，日水量可浇地70多亩。

吐鲁番另一有名的地方就是葡萄沟。这条沟就是一个峡谷，在火焰山西侧。沟谷西岸，山势柱柱直立，也许是远古火山爆发形成的。沟内有一条布依鲁克河，如今正是雪山融水的季节，水流湍急，哗哗作响。因为有水，孕育了这条葡萄沟。

近十公里的葡萄沟全是葡萄，现在正是葡萄成熟的时候，空气中甜味弥漫。各种颜色，各种品种的葡萄在这里汇集，招摇过市。头顶上全是葡萄长廊，遮天蔽日。这里与我们住的葡萄大街一样，有无核白葡萄、马奶子、红葡萄、喀什哈尔、日加干、梭梭等，简直让人晕眩。而村路两边，除了新摘的葡萄，更多是葡萄干，有做药的索索王，有绿宝石、野葡萄干，有什么葡萄爷爷、葡萄奶奶，有女人香、黑加仑、白巨王，也有桑葚干、乌梅、大枣、野西瓜干、全球红。葡萄奶奶就是红妃。葡萄摊有百多家，有维吾尔族老人，也有孩子，都能讲汉语，拉你去买，维吾尔族小女孩们很会做生意，说词一套一套的。我们边走边尝，甜在葡萄沟。在新疆，有一首民谣说：吐鲁番的葡萄哈密的瓜，库尔勒的香梨人人夸。

带我们去的宣传部朋友告诉我，不要买那些颜色黄黄的，是熏出来的，颜色漂亮。风干的葡萄颜色深暗，虽不好看，但吃得放心。我于是买了几大包红妃，其价格只有武汉的四分之一。

在葡萄长廊下散步，旁边是奔腾的涝坝，坐在那儿，手上一串葡萄，嘴里甜蜜蜜的。维吾尔族老人们也在那儿闲坐聊天。生活如此甜蜜悠闲，哪儿有沙漠和骄阳的影子。

葡萄沟的"农家乐"也十分火爆，家家是手抓饭，是烤羊肉，是手抓羊肉，是馕、拉条子，更有西瓜、甜瓜、葡萄。手抓饭里的羊肉、胡萝卜、土豆条，颜色缤纷，引人馋虫。

葡萄沟真是袖珍小江南。

六

翻过天山支脉，就到了真正的南疆，到了库尔勒。公路两边的山势嵯峨怪异，风景绝佳，石山上竟有沙山，这种地质是如何形成的？

看到了一片片绿洲，看到了几万亩的湿地盐碱滩，全是一望无边的芦苇。库尔勒，这里为何又成了蒙古族自治州？它的全称叫巴音郭楞蒙古族自治州。新疆这块土地十分有趣。后来才知道，这里的蒙古族是"东归"一族，蒙古土尔扈特部一支。土尔扈特部是清代厄鲁特蒙古四部之一，17世纪30年代迁徙至沙皇未统治的伏尔加河流域一带，成立了土尔扈特汗国，地位与沙皇平等。但后来不堪忍受沙皇的统治和镇压，以及对草原牧场的侵占、让土尔扈特人打仗当炮灰，为救自己民族于危亡，决定东归回到祖先150年前居住的新疆。公元1770年，年轻的渥巴锡带领3万土尔扈特人悄悄分三路浩浩荡荡踏上了归国的征途。但沙皇认为这些蒙古人回国是他们的耻辱，派军队一路围追堵截，但土尔扈特人奋起反抗突围，袭击俄国的驻军，歼灭他们的增援部队，摧毁了他们的要塞，穿过冰封的乌拉尔河，进入大雪覆盖的哈萨克草原，将追击的俄军远远抛在了后面。在经历了千辛万苦的八个多月的长途跋涉之后，终于回到祖国。这一发生在亚洲草原上的壮举轰动世界。回归的土尔扈特人有一部分被清廷安排到巴音郭楞草原，这就是这个州的来历。

在吐鲁番就听说库尔勒是小香港，以为是开玩笑的，远离沿海和内地，这塔克拉玛干沙漠深处怎么会有香港一样的城市？但是到了库尔勒，就像跟我们此前到嘉峪关市时一样令人惊讶，而库尔勒更加出人意料。我不好说库尔勒是中国最漂亮的城市，说是中国最漂亮的城市之一总可以吧。没有任何夸张。市区高楼林立，绿树成荫，街道规划大气整洁，一尘不染。蒙古包顶的高塔屹立在山顶，街上行走着许多穿蒙古长袍的男女。这里的城市管理绝对一流，经常有内地城市的人来此学习取经。

库尔勒在塔里木盆地东北边缘，是中国面积最大的州，相当于两个江苏大。距死亡之海、世界第二大沙漠塔克拉玛干沙漠70公里，也被称为古丝绸之路上的咽喉。库尔勒是维吾尔语"瞭望"的意思，也称梨城。这里的香梨享誉全国。古时，这里称焉耆，西域三十六国之一，也称乌耆，乌缠、阿耆尼。《西游记》中称这里为乌鸡国。包括今焉耆、库尔勒，和顾、尉犁一带。最早属匈奴，西汉神爵二年（公元前60），西汉在乌垒设置西域都护府。

这里年降雨量为58.6毫米，有孔雀河穿城而过，而境内塔里木河流经全境，有著名的博斯腾湖、巴音布鲁克草原、天鹅湖、巩乃斯林海。境内还有海拔6973米的木孜塔格峰。

当我们夜游孔雀河的时候，我们没有丝毫感到是在塔克拉玛干沙漠边缘，也没有感到是在南疆。我们惊叹这个城市的三河连通工程，感叹这里的官员的能干和敬业，感叹他们的胸怀和气魄，感叹他们的视野和能力。三河连通：杜鹃河、鸿雁河、天鹅河。而连通后的河叫孔雀河，就是与孔雀河连通了。而且，这三条河全是人工河。河流之宽阔，之浩荡，之美丽，无与伦比！音乐喷泉壮观，两岸的民族特色建筑众多，高层住宅鳞次栉比，倒映在粼粼波光中，恍如来到香港。这是想象力的胜利，特别是当地一把手的想象力和敬业，决定了这个城市的崛起。而开挖三条大河调节空气，这该要多大的手笔！库尔勒的城市改变可说是翻天覆地，我在南疆的这些天里，鼻子干燥难忍，但库尔勒让我回到了湿润的南方。

尉迟县的胡杨还没到金黄的时候，我们还是得去那里。我们要去看传说中的罗布淖尔和神秘的罗布人。罗布人的胡杨林紧靠塔克拉玛干沙漠。已经有沙漠的景象了，沙丘一个接着一个，但维吾尔族人种的棉花也一望无涯。

罗布人就是罗布泊人。罗布泊和楼兰都是在丝路上有名的城市和湖泊。城市不明不白地衰落了，罗布泊也在离我们很近的时间里消失了。在楼兰废弃之后的一千年或者两千年里，罗布人沿着孔雀河逆流而上，到达现在的尉迟，在水面广大的地方捕鱼猎兽。因为罗布人的祖先就是干这些的，而不会稼穑。库尔勒当然是在孔雀河上游，而楼兰与库尔勒在当地的发音一样。有人就猜测楼兰衰落后，那里的居民都搬迁到了库尔勒。

尉迟之名在汉代就有，就是罗布淖尔的意思。罗布淖尔系蒙古语音译名，意为众水汇集之湖。楼兰王国是在3世纪神秘"失踪"的，但罗布人还是生活在这大片罗布泊的海子边，当年这里的海子星罗棋布，靠水吃水，那么多的鱼足够他们生活。张骞出使西域后向汉武帝上书说："楼兰，有城廓，临盐泽。"罗布人是新疆最古老的民族，"不种五谷，不牧牲畜，唯一小舟捕鱼为食。"其方言也是新疆三大方言之一。这个食鱼民族，喝罗布麻茶，穿罗布麻衣，丰富的营养使他们大多长寿，八九十岁都会驾船捕鱼，一百岁还有当新郎的。但直到

1949年，他们还是原始社会。

他们究竟属于哪个民族？据说有蒙古血统，也有维吾尔族血统，讲维语，但维吾尔族人听不懂他们的话。奇怪的是，他们的方言与远在福建的闽南方言相近。可是富裕的福建人不可能万里迢迢到这个不毛之地求生。历史没有任何记载，他们也没有赶上56个民族划分，现在他们不属于任何民族，只是叫罗布人。罗布人就像他们捕鱼的用胡杨树凿的独木舟一样，他们永远是孤独的人。

这些孤独的人被发现还是在清朝，乾隆二十二年，围剿沙拉斯、巴雅尔等叛乱分子的朝廷士兵搜山搜湖时，在沙漠的海子里搜出了许多穿罗布麻衣和鱼皮衣的捕鱼人，这些人言语不通，不识五谷，不识风经礼拜。他们可能是鲜卑人的一支。有言之凿凿的说法是：现代罗布人的起源，他们的祖先是蒙古人，但在罗布泊与玛沁人相遇，不久融合。也有汉人的特征，属突厥人种，也是维吾尔族的一支。他们先是信佛教，后来一个叫玉素甫·色喀拉的大毛拉把军队带进罗布城，凡不改信伊斯兰教的格杀勿论。于是他们信了伊斯兰教，属逊尼教派。

在这块有水的土地上，先后住过塞人、汉人、吐火罗人、羌人、吐蕃人、吠达人和多浪人。罗布淖尔,古代也称过浦昌海、盐泽、泑泽、牢兰、临海等稀奇古怪的名字。

我们来时,塔里木河正进入洪水期,水很浑浊,流速急遽,卷起一个个漩涡。没有想到有这么大的水,无论怎样渗漏,也可以浇灌沿途的村庄。一些高大的胡杨和红柳都淹没在水中。而巨大的沙丘正在奔往远处的塔克拉玛干大沙漠。

到处是死去的胡杨,也到处是生长的胡杨。这里的胡杨林一直通向大漠,因为有水,它们生机勃勃。

在这个人造痕迹太重的罗布人的村庄,我们看到了几个罗布老人,在塔里木河畔浑浊的水边,在胡杨树下闲坐着。他们沧桑无比,皱纹满脸,身体安静,不再在海子里驾船捕鱼了。他们的头顶,一些作为装饰的干鱼,在风中摇摆,好像死去了一千年。历史中的罗布人,将要成为一个传说。

七

库车是古龟兹国都。库车之名是清政府改定的。古龟兹人属于雅利安人种，地道的白人。有"西域乐都"、"歌舞之乡"等美名。龟兹是古印度、希腊—罗马、波斯、汉唐四大文明在世界上唯一的交汇之地。在这块文化因碰撞而产生耀眼光芒的地方，它的文明、语言、文化形态，都有着神奇之处。据研究者说，龟兹语本属于印欧语系中火罗语方言，用印度的婆罗米文字书写。但又与欧洲的拉丁—凯尔特语与日耳曼语有较近的关系，因而欧洲考古专家对此地情有独钟。库车系突厥语译音，维吾尔语地名，胡同之意。库车在古代的史书中也称丘慈、屈兹、曲先、鸠兹、库叉等。1758年乾隆时代定名为库车。也有说"库车"系古代龟兹语，意为"龟兹人的城"。汉时在此设西域都护府，唐时为安西都护府驻地。

我们到达库车主要看的是一个叫苏巴什佛寺的遗址。当然，南疆这里最有名的几乎全部是遗址。它们是历史的骨头，就像沙漠中一具风干的牛，最后只会剩下骨架一样。这个遗址太有名，与唐玄奘紧密联系在一起。它在天山支脉却勒塔格山南麓，在铜厂河出口两岸洪积台上。东寺南北长535米，宽146米，西寺南北长685米，宽170米。这些尺寸是以残存的寺院围墙为依据的。但都已毁，东寺依稀只存庙塔、僧舍遗迹，还存有三座高塔。西寺尚存僧舍残垣和数处高塔。全是黄土堆砌的，也有一些瓦砾残片，寺院的院墙中可以看到砖。据说还可以捡到龟兹小铜钱、波斯银币、唐代钱币。我们找了半天没有找到。苏巴什是维吾尔语，意为"水头"的意思。这里据说在不久前遭遇过一次大洪水，但这些土垒的废墟依然屹立不倒，骨头真硬。它已有两千年的历史，是魏晋期间的建筑。

一个巨大的黄土堆上，却有两个佛窟，砖砌的拱门，但我们上不去，也不让上去。它比交河故城壮观，因为它高大巍峨，所保存的佛寺较为完整。据玄奘的《大唐西域记》记载这里，"荒城北四十余里。接山河。隔一河水。有二伽蓝，同名昭怙厘，而东西随称，佛像庄饰殆越人工。"昭怙厘大寺，就是库车当地人称的苏巴什佛寺。

唐玄奘西天取经，这里已是遥远的西域，为龟兹国国都郊外，他曾在此讲经两个月。《西游记》中称这里是女儿国，说此河为子母河。

废墟之美说的大概就是这里。这种废墟因为顽强存在着，让我们隐隐约约地感受遥远历史深处的壮观，但又是实实在在的寺院面貌，高大的围墙，一直延伸到很远，几乎与却勒塔格山相连，历史与自然成为了同一条山脉。那我们想，在这个大漠戈壁中，为什么会出现如此宏大的寺庙呢？据说它最多时曾有上万僧人在此居住。想想这样的场面，每天所消耗的食物也太惊人，而供养僧人的信众又会有多少呢？原因是：这里曾是西域的中心。龟兹是西域三十六国中第二大国，仅次于乌孙国。公元7世纪唐朝在此设立的安西都护府所管辖的范围有阿富汗、巴基斯坦、哈萨克斯坦、吉尔吉斯斯坦、印度孟加拉的一部分。"龟兹"就是古语"称王称霸"的意思。明白它的历史后，这儿既然是西域政治经济文化宗教的中心，寺庙众多，高僧云集就不奇怪了。唐贞观二年（628），玄奘西行印度时在此滞留，凡长安来的高僧，基本被称为国师，被人景仰，佛教在当时盛行。9世纪兵荒马乱，大火对此寺庙毫不留情进行了焚烧——这叫兵燹。苟延残喘至十三、十四世纪，蒙古人占领这片大漠，在此强行让人信奉伊斯兰教，佛教彻底衰落，于是这个大佛寺被遗弃。

瘆人的黄土坯建造的佛寺，当初肯定是金碧辉煌，在色彩单调的戈壁上，寺庙和佛永远都是色彩鲜艳的。

在南疆，许多景物都是留下来供人凭吊和遐想的。后来，当佛教在这块地方衰落后，故事还在继续，它成为了女儿国的国都。当时这个地方是母系社会，男人都是入赘。再后来，女儿国也被游牧民族攻破了。

曾经显赫的佛教在这里被抹去了它的正当性，表明这块地方曾经发生过信仰的激烈交锋。但历史就是这样，有升起的，也有沉落的。不过，这条丝绸之路，依然是畅通的。通往西域的路依然生机勃勃，绿洲片片。在离开的路上，我写了一首诗《西行记》："往一条干涸了一千年的河道／走向干涸／肩扛十座烽燧和一千座故城／箭镞一头扎进大漠深处／历史和自然 同一条山脉／山河倒伏 英魂溃散／历史打马西去 它的遗产／一只灼热孤独的鹰影／带着河流光芒的枝叶／被火焰嚼碎／天空红水泛滥／半陷的车毂 至今被太阳盯梢／飞沙狂舞／澎湃西来的宗教／为生存而战 刀剑争鸣／它们的真理一次次逃亡和遗弃／只有柔软的丝绸胜利了／水远走／石头翻越三千年／到达与天空永久对峙的地方"。

八

阿克苏匆匆一过，但阿克苏是应该停留下来细细欣赏的地方。它的托木尔峰，它的天山神秘大峡谷，它的克孜尔千佛洞，都是极有名的。阿克苏市位于塔克拉玛干沙漠西北边缘，在塔里木河上游，因水而得名，阿克苏系维吾尔语。"阿克"意为白色，"苏"就是水。所以它的别名就叫白水城。现在它是"清澈奔流的水"的意思。名字美好，有水就是好地方。所以它也有"塞外江南"的美誉。是西域三十六国的姑墨、温宿两国的属地。

多浪河穿城而过，这里就没有了沙漠戈壁的感觉，虽然，塔克拉玛干大沙漠就在它的身边。阿克苏的夜色不仅美丽，而且安全。我们在当地朋友带领下坐出租车去了多浪河畔，我听错是刀郎河。原来这里有非常宏大漂亮的公园，汉族人、维吾尔族人在一起享受这迷人的夜色。我们去的是威戎城（阿克苏古称）和西域广场周围。这里有新修的城楼姑墨亭，后面是气势磅礴的汉白玉西域三十六国图腾柱，中间是三十六国地砖图。再后面是多浪文化广场、鸠摩罗什法坛，横跨多浪河两岸的十一孔桥在霓虹灯的披挂下营造出一种大漠戈壁的幻影。

但是我们将奔赴喀什。我们去喀什的第一站是麦盖提县。

我们沿着塔克拉玛干沙漠边缘行走。在南疆,从一个城市到另一个城市,没有任何过渡,经过无数沙漠到达另一个城市,这些分割的绿洲是断裂的,孤立的,仿佛天外飞来的,它们像是一个个旱地岛,之所以能够存在和生存,全在于这个"岛"是否有水源。

麦盖提县在塔克拉玛干沙漠的西南,喀喇昆仑山北麓,叶尔羌河中下游,提兹拉甫河下游。这个县是真正的沙漠孤岛,它三面被沙漠包围,比较贫困,县城陈旧,但文化非常独特,是"刀郎文化"的发源地。刀郎过去我们以为是歌手的意思,其实是部落群居的意思。

麦盖提的羊肉很有名。我们在这个县和喀什市,吃饱了麦盖提羊肉。麦盖提羊又名刀郎羊,是当地土种羊与阿富汗引进的瓦格吉尔羊杂交,身材巨大,黑头,两个耷拉的牛舌般的羊耳朵,弯刀似的鼻梁,奇怪的盘尾。该羊肉无腥膻味,肉质鲜嫩,大块吃不腻,而且还有预防心脑血管疾病的奇特功效。信不信由你。

麦盖提也是刀郎木卡姆的故乡,跟哈密的木卡姆明显不同。我们在当地人安排下去看了一场老人们演出的木卡姆。这些老人在北京演出过，还应邀去了美国和法国演出。老人们穿着维吾尔族服装，皮鞋都很老旧，脸上是岁月辗压的深辙，但一个个很健康，嗓门很大。他们的木卡姆一进入音乐的伴奏中就惊心动魄。卡龙琴、刀郎热瓦甫、刀郎艾捷克，和摩挲得闪闪发亮的羊皮达普（手鼓）。在领唱人一声"噢依——"之后，我们被带进雄浑和苍凉的意境中。似乎在大漠深处追击猎物，在风沙旷野中呼朋唤友。我们无法听懂他们的语言，但我们听懂了他们的内心，他们民族的生命的呐喊。这种歌曲被叫作"巴雅宛"，就是旷野之意，与漠北游牧狩猎的生活有极大的关系。那些老者都是坐着的，他们以乐器应和，面目平静，但声音洪亮有力，高亢激越，就像沉默无声的土地的一次爆发。唱者和演奏者坐着，舞者舞着。演奏者和唱者们虽然坐在原处，但他们苍老的鼻腔和胸腔憋足了气息，一会儿高歌，一会儿发出猛兽般低沉的吼叫共鸣。他们神色庄重，像出征前的神秘仪式。他们汇集了最宏大的嗓音，像洪水一样朝我们卷来，浩荡恣肆，不可遏止，就像生命本源的嚎叫。

因为我们已经来到了塔克拉玛干大沙漠，这儿的生存环境十分恶劣，麦盖提人过去大多以狩猎为生，嗓门大，要有那种豪气。但这种刀郎木卡姆，同行的新疆朋友说，他们也听不懂，据说是麦盖提方言。但据新疆作协的艾布先生说，麦盖提人有蒙古血统。这里曾是成吉思汗的大儿子管辖的地方，据《蒙古秘史》记载，成吉思汗的妻子被当地人抢去，两年后他的军队壮大，夺回了妻子，但妻子已经怀孕，生下的孩子他认了，但他后来其他的儿子不认这个兄长，所以这个县的维吾尔族人传说是成吉思汗大儿子的后代。反正，这儿的维吾尔族来历很神秘，传说加野史更加增添了其扑朔迷离。

麦盖提县是唯一一个延伸进塔克拉玛干沙漠的县域，基本被沙漠包围，有可能被沙漠吞噬，人们的生存环境虽然恶劣，但他们在顽强地与命运进行搏斗。这个古丝绸之路上的南北两道的交汇之地，也是进入塔克拉玛干大沙漠探险的出发地。它的56万亩红枣，它的45万亩棉花，它的16万亩核桃，5万亩杏子、黄桃等，使它享有"红枣之都"和"瓜果之乡"的美名。但最令人惊异的是它的百万亩人工林地，浩浩荡荡地向沙漠腹地挺进，成为了抵抗塔克拉玛干大沙漠泛滥的壮观景象。我们去看了这片一望无际的防沙防风林，全是滴灌，在灼热的大沙漠中，他们栽种了冠果、红枣等经济树种和新疆杨、胡杨、沙枣、红柳、竹柳、沙棘、梭梭等生态树种，每一个树根下都有一个永不干涸的人工泉眼，不管太阳多么毒辣，树木有水就能成活。

我们登上一个高高的沙丘，塔克拉玛干沙漠就在脚下和眼前。太阳仿佛把所有的仇恨都发泄给了这个"死亡之海"，没有任何生命的迹象，特别是在正午的太阳下。一浪一浪似乎凝固的沙丘，就像是月球上的景色，整个世界了无遮拦，像是经受着火刑。即便是那些种下的树木，还有那些在滴灌旁侥幸出生的芦苇，命悬一线。没有比沙漠中的植物更绝望和悲壮的，它们活在一生的饥渴和炙烤中。为了保持优雅的绿色，它们忍住挣扎和号叫。所谓沉默，就是命定瀚海，一声不吭。

塔克拉玛干大沙漠，维吾尔族语为"山下的大荒漠""迷失的家园""进去出不来的地方"，恐怖的名字。它的总面积33.76万平方公里，比两个山东、九个台湾还大，沙漠是流动的，仅次于沙特鲁卜哈里沙漠。塔里木盆地是一个巨型的封闭性盆地，周围被天山、帕米尔、昆仑山、阿尔金山环抱，只在东端有一个70公里的谷地与河西走廊相连。也因此它的沙是自然生成的，谓之就地起沙，因为吹不到任何地方，最后形成了这个巨大的沙漠，它的诨名叫"死亡之海"。

九

喀什是中国版图丝绸之路上的终点站。还记得红其拉甫口岸吧，从这个口岸过去即是巴基斯坦。红其拉甫，一直是中国与中亚连接的重要通道。当年玄奘取经回国、高仙芝征战吐蕃都从这里走过。卡拉苏口岸，在塔什库尔干县，对面就进入塔吉克斯坦，也可往阿富汗。伊尔克什坦口岸是中国与吉尔吉斯斯坦的国界。吐尔尕特口岸是中国与吉尔吉斯斯坦的第二个口岸。从这些口岸，就知道喀什对中国的重要，作为中国最西端的城市和地区，它被称为中西交汇的枢纽和门户，南疆重镇。

喀什古称疏勒，东边是茫茫的塔克拉玛干大沙漠，西部与塔吉克斯坦相连，西南是阿富汗、巴基斯坦，邻近国家还有吉尔吉斯斯坦、乌兹别克斯坦和印度。它是新疆唯一的中国历史文化名城，中国内陆第一个经济特区。

在喀什，我们听到最多的名字是喀什噶尔——这就是喀什的全称。至于代表什么意思，有说"各色砖房"的，有说"玉石集中之地"的，还有"初创"之意，另有一说是"绿色的琉璃瓦屋"。在古代三十六国中，它是疏勒、蒲犁、莎车、依耐、乌禾宅、西夜等6国大部分的地方。

我们此行约8600公里的丝绸之路之旅结束在喀什的夜晚。这使我们想逛一下喀什老城的愿望落空了。我只能在这里遗憾地写几句资料上的老城。同行的作家徐剑在车上对着暮色中的老城说，不止这些，高台古民居为什么破坏了？其实叫石头城的高台古民居没有破坏，与老城区只隔一条街。我们经过的老城已经整旧如旧，老城的改造十分成功，政府花了10亿元。高台古民居同样在进行改造。听喀什朋友介绍，这个原称疏勒的老城，已有两千多年的历史。西汉张骞所记载的古疏勒，就是我们经过的盘橐城所在地，也叫艾斯克赛尔古城。2平方公里的老城，在一片高地上，这使我想起在土耳其伊斯坦布尔看到的高地上密密麻麻的建筑，何其相似。这里住着2.3万人，两三百条巷道纵横交错，曲径通幽。极具维吾尔族情调，但也显得破旧。我们经过了老城，感受到了那密集纵深的街道的历史情调和新鲜市声，看到那些卖葡萄瓜果的摊子，嬉戏的孩童和悠闲的老人。不过这只是匆匆一瞥。

我们在天黑之后到达艾提尕尔清真寺。它是中国最大的清真寺，也是最古老的清真寺。始建于1442年，占地总面积为1.68万平方米，有正殿、外殿、教经堂、拱拜孜、宣礼塔等，但感觉并不宏伟，有些简朴，可能是在土耳其等地看到过太壮观的清真寺如蓝色清真寺。但是它的古建筑群却很庞大，有一种沧桑感。

我们在艾提尕尔广场散步，没有进入这个古老的清真寺。据说艾提尕尔清真寺内的礼拜殿特别大，设在寺院西端的大院落内。分为内、外殿和殿堂入口三部分，有一米多高的台基。南北总长140米，东西进深19米。如此大型的礼拜殿，国内没有，国外罕见。而外殿的140根高达7米的绿色雕花木柱成网格状排列，听说气势恢弘，壮丽雄浑，那是一定的。

有趣的是，我们在大街上看到了几拨结婚娶亲的车队。维吾尔族人都是晚上提亲，晚宴后载歌载舞。车队前是一个小货车，几个吹打的老者在前奏乐，音乐是西域的。

整座城市都是西域的。

喀什的夜色太美了，它有密集的灯火中的老城，但更多的高楼大厦在崛起。它的喀什唐城古文化商业街的夜市，东湖边的栈桥和水中摇曳的霓虹。那些在晚风中品尝烧烤和咖啡的人们，那些坐在草地上聊天的人们，汉人和维吾尔族人，各得其乐，享受这夜晚的清静美好。

因为匆匆来去，回到内地，感觉我并未去过喀什一样。如此丰富的喀什，我怎么只有夜晚隔着厚厚的夜色与你相见？

我会再来的，喀什和南疆，因为你实在太迷人了。

沿着天山

天　池

　　天山天池。西王母的瑶池。鹰在天上。树像雕刻的。水是天堂的玉。深蓝。深深的蓝。深刻的蓝。深爱的蓝。干净过一万年的风和奔腾的雪水。博格达雪峰，一个戴着头巾的羞涩的哈萨克女人。

　　我很渴，假装很滋润。浑身贮满了高雅的水，吃饱喝足的样子。眼珠子荡漾着春情。其实我忍受着荒漠的炙烤。糜烂的水，我唯一的源泉。

　　你存在吗？冷冷的，在远方的高处，像一个幻觉。以专一的、不竭的守贞，保持着那个隐隐的美姿。

　　天上的水池，盛着冰的蓝。兀自蓝着。在天堂的一角。在人间一角。在远处。在传说也无法企及的地方。好像是你，一碗水。

一个冰斗。一个冰碛湖。还有角峰。刀脊。巨大的石头的擦痕。巨大漂砾簇拥的水仙子。也许是火山口，吞吐过比欲望还灼热的火尘。一万里的烟雾。死去了所有向你献祭的膝盖。从心里喷出怒潮。

她有一汪眼睛。一汪沉静了一亿年的眼睛。你躲不过她。

来自蛮荒时期的母亲，守身如玉。不可侵犯的美。砭骨的寒冷，拒绝一切。让兀鹰离你远远的。滚开！那些肮脏的念头！那些被世界伪装的疾病和权力。那些窃掠者、毁灭者、强盗。你不可靠近。只为守护哈萨克人的帐篷和马匹。只为映照雪峰的沉默。

不要乞求在她的水波里沐浴，不要解开你肮脏的衣裳。不要脱下鞋子。不要照你丑陋的脸。不要表白。不要做出像在QQ、微博等网上的表情。不要虚伪的赞颂。无耻的诗。歌声。报纸和新闻。让这些文明远离。这些所谓的真理，垃圾。只能坐下，向远方看着，不许出声。屏住呼吸，把心掏空。听风喋唼，鹰静止，行着注目礼。雪山俯首，轻轻地拥吻她。

想象你，浑身带着古老的热病，让她洗濯。冷却你的心跳。刹住疯狂的欲念。往下压。

一个游牧民族，找到了他们的祭祀地。太阳下神一样神秘的祭司。披着星光的浴纱。兀鹰在行动。那些沉重的山峰像锯齿排列，拉起手，守护着她的尊严和威仪。曾经被神话擦拭的嘴唇，藏在石缝中，羞涩地、大有深意地微笑着。

天山闪烁的磷光，绿松石一样的眼睛。

我背靠着她，坐着。坐在池边。就在那儿坐一会儿。我需要这样。我没有什么好想的。没有思想，所有的内心活动都不值一谈。让心因愧怍而干净。

许多人都是冲着你的纯洁而来。纯洁是一个多么稀缺的字眼。纯洁到可以膜拜。因为，纯洁是金子。因为，水越来越少。污脏的水不是水，是粪。

如此深冷的静。一蓬篝火和一声伊犁马的嘶鸣，会把天山的名字传得很远很远。在一个积雪的夜晚，你盛满的星光，会传入一个哈萨克人的歌声中。

奉上我啜饮的灵魂之杯，放上一块圣洁的冰吧。

向日葵

天山。雪峰。奔腾的向日葵。有信仰的向日葵。傻笑成一团的向日葵。我伪装成它们欢呼,一抹长云从手中牵过。

我混在它们中间。我,一个沿着天山行走的旅人。我在高耸的雪峰之下。我在戈壁上。哦,请把你的花环佩戴给我!这太阳的仪仗队,一个戈壁小学的一百万个孩子,站在砾石上,听着流响的雪水,迎着有些寒冷的晨风,从大漠上赶来欢迎我。

花在响。脸盘在响,在簌簌地向太阳转动它们的头颅。大地在响,迈着齐刷刷的步子,一样的姿势。一样的笑。村姑。顽童。嘎嘎的声音。掩饰不住的一排排白色的牙齿。衣衫褴褛。抹着鼻涕。插着野花。准备一场超大型的团体操表演。

太阳的孩子。天空的花瓣。神的天使。火焰。燃烧的田野。我听见噼里啪啦的声音。

你这群太阳的拜火教徒。有着阳光的肤色。有着太贪婪的占有欲。吸太阳的精血。一群荒淫无度的金水浴女。

太喜欢你们。可以抚摸。黄绸子的裙摆。有喜感的脸蛋。茫茫戈壁,这些太阳的种子究竟有多少?告诉我吧!在积雪和阳光的双重照耀下,你们的心为啥是金黄的?

葵花的激流醒来了,喧嚷着。潮汐奔流。仿佛是唤我来疯,仿佛是经历了大漠的长途跋涉,终于会师,为了赶在太阳出世之前,在一个神秘的圣地晨祷。

我,居无定所,惯于四处流窜。是我的灵魂。但我不会无视这灼人的光芒,这一刻万众面朝东方的课诵。点燃一片祭祀的灯盏,世界倏地亮了。

白雪。黄沙。黑夜。逐日的后羿们,高举大纛,手持盾牌。

我将淹没于这片花海,在被金色灼瞎的时分入睡。我将坠入这片花海,在梦中戴上加冕的皇冠,成为太阳的宠臣。我将带着你们,向前狂奔。

不!纵然太多,还是太少。这种遭遇太过短暂。美丽但深深伤感的邂逅。我将马上失去你们。你们只是我一张旅途照的背景,一个越来越远去的、晕眩的回忆。我想让所有走过的地方,让天山脚下的无垠大地,让准噶尔盆地、塔克拉玛干沙漠、古尔班通古特沙漠,乃至非洲的撒哈拉大沙漠,全种上向日葵。嗨,这世界,将热闹。

江布拉克的麦浪

江布拉克,麦浪翻滚。天上的麦子,天上的良田。一切都那么静谧。神在注视着它们。

这是圣泉下的麦子。这是圣泉流经的麦野。江布拉克。江布拉克。哈萨克人的赞美:圣泉!圣泉!圣水的源泉——江布拉克!

万顷麦浪。我站在疏勒故城的土城墙上,看到了那向侵略的匈奴发起猛攻的千军万马。金山西见烟尘飞,汉家大将西出师。半夜军行戈相拨,风头如刀面如割。马毛带雪汗气蒸,五花连钱旋作冰。古战场的险隘。麦子的烽烟遍地燃。

太过奢侈的眼缘。难以置信的秋景。收割机在悬崖峭壁上,吞吐着那些麦粒和秸秆,就像一个个高台跳水的人。

漫山遍野的麦子。漫山遍野的金黄。大地铺开了它的毡子。手拿镰刀,提着瓦罐,奔向田垄的人们,收获我们的新麦。没有,没有人。云端里的麦子,云在收割。天上的收割机。你看着天上的人们收割他们的麦子,不知道天上的人们怎么种下他们的麦子。

我的新麦。我的芬芳饮食。我的圣泉浇灌的麦子。从每一根麦芒上喷出彩虹。喷出圣洁的天堂之水。你饱满的汁液，摇人心旌的香气，从天山漫卷而来。像一阵阵呐喊，像是胜利者的欢呼。像是伟大的宣誓。肃穆庄严的麦子，神圣的粮食和秋天。

收割吧！你将变为：

新疆的拉条子（拌面）。皮蛋面。馕。油炸糕。火烧。面肺子。凉皮。油塔子。刀拨面。馓子。哈萨克人的包尔萨克（小油饼）和啤酒。你从天堂来，你将成为大地上人们的饮食。你刚刚出甑，冒着柴烟的热气。我们一直守候在灶口，手把饥饿的碗，握着啤酒，一定要为这天山上的来客痛饮。

此刻，在这里，在刀条岭。花海子。阳洼滩。马鞍山。黑涝坝。响坡。到处是收割的喜讯。到处是阳光、麦子和横无际涯的金风。

如果是夜晚。如果我能在这儿留宿。我会听到它们的喧嚷吗？这柔美又狂野的麦海，它们有能让我听懂的语言吗？哈萨克语？维吾尔语？汉语？天堂的神语？我无法躲闪，这温热的麦田里的梦。如果我不害怕，我会一个人在满天星空下,在天山月的照耀下,与它们同眠。我梦见我在农历五月的麦田里弯腰割麦,麦芒刺得我双膀划痕累累。麦哨吹起。麦垛上是慵懒的云和小憩的农妇。

夏雨,农事,汗水和村庄。没有,这里没有。这不是凡尘。

仿佛仙女撒下的种子。她们怀抱琵琶,只需轻拨琴弦,种子就如漫天花雨纷纷而下。于是麦苗青青。麦秆抽穗。麦浪滚滚。

不可能有来自天山凌厉的雪暴。不可能有来自戈壁干旱的袭击。在圣泉的怀抱,在高高的山上,亲近稼穑的雪山圣母会守护它们。耕云播雨的人们,谁也不能掠夺你们的收成。你在令人晕眩的高度,如此虔诚地躬耕。你的身影,被白雪和麦子照亮。

江布拉克,江布拉克,漫山遍野是圣泉和麦子摇响的声音。

五彩城

五彩城。大地的裙裾。

我在古尔班通古特沙漠的边缘。干涸的额尔齐斯河谷。阳光像从史前升起。从大漠中将昂起无数巨蜥和恐龙的头颅。巨蟒涌动，吐出它们火焰般的红色的芯子。城堡醒来，清风吹拂，市声渐起。

一轮明月铆钉一样钉在蓝莹莹的天上。这是某种记忆中的影像。一个远古传奇的城堡，一个幻化成沙漠女子的精灵。她也被钉在了这荒凉呼啸、比死亡还遥远的地方。

风，恣肆地吹，像刮刀一样。像魔鬼的利爪。沙在哭。月亮像停尸房摇晃的电灯。兀鹫是唯一的鸟。夜枭的鸣叫是风阴险的模仿。

一个穿上了魔鞋的女人，不停地旋转。旋转。旋转。她在一次次毁灭中站起来，像天上的仙女起舞。她的裙摆旋起了十二级大风。飞禽，走兽，风沙，魔鬼，死去的河妖，无数动植物的骨头，花魂，全是她的伴舞。她是城堡的主人，是大漠女王，是城堡的最后辉煌，是回光返照，是从不谢幕的演出。大地最瑰丽的布景。她是一个永远风骚的、活力四溅的舞娘。

沙依坦克尔西——魔鬼们的城池。他们诅咒你。从死亡之海耸起来的残垣、断壁、麦垛、花坞。时间的墓碑。大地坚硬的城。被恐惧和恫吓塑造的城。孤零零地在沙漠深处号叫。

我听不见。听不见像地狱里惨痛的叫声。像分娩的女人的叫声。风，肆无忌惮地穿过你的街巷。它们手持鞭子，像凶狠奔窜的荒狼。一切都坚壁清野，阒无人迹。一切都消失了，像是热风卷走的海市。

小心没入这一片罂粟般招摇的城堡，被她美丽壮观的寂寞和孤独勾引。循着她的诱惑，登上古湖泊的桅船，驶向虚无的深渊。

石头的玫瑰。石头的黄昏。一条条山岭晾晒的石头的丝绸。玛瑙装饰的城墙。琉璃的窗台。死亡的迷宫。铁的空气。大地的舍利子。戈壁的花环。冻得发紫的脸。

让她，佩上璀璨的胸饰，涂上阳光的粉，像一个等待亿万年的新娘。献出你坚硬的花蕊。以彩虹的语言，在她缄默一亿年的嘴里，吹去如兰的气息。把所有收集的油气，盐层，煤和硅化的花瓣，献给她。所有财富和宝藏。

让海、盐场和花朵，与石头火烫地联结在一起。趁太阳升起之前，趁雨水没有为你洗盥化妆之前，趁朦胧的晨星未醒之前，趁时间没有倾圮之前，趁风沙的清洁工从岩层的地窖子出来之前，让我穿越你的通衢和城门，像私奔一样，在你空荡荡的大街上，没来由地一阵狂奔。

胡杨林

戈壁惨痛的杀戮，仿佛从法西斯毒气室抬出的尸体。你们曾号叫。扭曲的肢体能拧出一川的疼痛。不想死去！它说。让我活着！时间狞笑了，走开。你永远地风干，夹杂在那些崭新的生命中，看它们摇曳，看它们忍饥挨饿，用干渴的喉咙喊：水。水。水。看它们，诞生在这样的地方，盐碱和沙子的狂欢地。也看它们，最后倒毙在干渴的路上，倒在你的怀里。

时间残忍的标本。胡杨林。托克拉克——维吾尔族人喊：最美丽的树！托克拉克！托克拉克！胡杨！

死亡之海的生命。苦难的树。被河流遗弃的种子。残酷的美。

我曾经爱过这狂野的风。我是一株胡杨，我会诅咒它。即使我温柔，不想毒舌，我依然，会死在它们手里。

光秃秃的戈壁。最后的盐碱地。白花花的死亡残羹。盐的声音。干旱折磨的大地。热风窒息了通向往生的路。

这里流传着一个末路英雄的故事。许多人盲目歌颂，将它夸大，轻薄地抒情，扯上许多历史人物。仿佛，它们是一群形象高大的雕像。

苦难的生命，用炙烤的喘息喊叫着。抽搐的英雄。在墓地里徜徉的活魂。浩劫。怪兽。永恒的厄运。让我们心碎欲裂。它流尽血汗，成为大地的遗骸。成为站着埋葬的人。这就是托克拉克，胡杨。

星辰漫漫。走过千山万水。盐在歌唱。你挣扎扭曲的身躯，让我惨不忍睹。接着，我将哭泣。擦着满头大汗，向你致敬，默哀。

还有一些站着，用微弱的生命，手捧花圈，仿佛，在哀悼自己。

哦，这些被风沙，被盐碱和硝石，折磨得死去活来的生灵。被戈壁驱赶到生活尽头的难民。活着就是等待痛苦地死去。生命像幽灵一样，捍卫着最后一口气的尊严。

给我雨水。它说。给我鸟儿的啾啁和蝉鸣。给我苍苔和鸦巢。繁星。干旱的月亮和被烈日蹂躏的戈壁。一个死者也会创造奇迹。让死亡，写下不朽的记录。以自己的躯干，树起墓碑。它死了，无法入土为安。冷漠刻薄的世界，不让它倒下。仇深似海。每一根枝丫都紧握拳头，至死也不松开。

用爪子在深深的地底刨着，寻找水，把盐分呕掉。和着风沙一同吞下。不要让叶子痛哭。要一声不吭。挺住。干渴的牙齿。黑色的手。粗粝的胸膛。踩着石头的路，死亡的无垠大海，和风雪走到一起。天空高远。披荆斩棘的宿命。尖削的脸与死神对峙。

这不过是展览死亡的地方。用那些动物的骸骨，用石头，用硅化，铁化，钙化的植物作养料，踏进死亡的陷阱。

黑羽降落，月光是唯一的雨水。流血的盐在喘息。不会嗫嚅和啜泣。不再呻吟。

为什么大地上布满了粉身碎骨的亡灵？为什么死亡之上，还有死亡？

它想着江南的情人、雨季和清风。

它买下时间和盐分，看它们怎样同它一起挣扎，一同死亡，一同风干。

戈 壁

天、地、大漠、天空，接近天空原色的蓝。接近天空诞生时的蓝。亿万年，一座山也会吹成一粒沙子，何况一个诗人的一万首诗。

这里是时间的尾声。"曾经"，一个伤心欲绝的词。

曾经，这里是大海，水跟天空的颜色一样。天空曾经是你的容颜。虎鲨和座头鲸，傲慢地在这里逡巡，卷起高高的水柱。大王乌贼四处爬行。飞鱼在傍晚射出它们矫健的身影。电光鱼像巡更的船，守护着静谧的夜。

曾经，海水退去，这里是巨大的森林。巨松。怪柏。苏铁。银杏。桦树。遮天蔽日。鸟和湖水缠绵不休。沼泽里潜伏着蟒蛇和鳄鱼。绿色的蒸气弥漫旷野。无数只灵巧的舌头在啾啭。无数片叶子，拍打着潮湿的露水和星光。兰花和蘑菇瞬间开放。甲虫和蚂蚁亢奋奔跑。到处是果实呼啸。有大鸟在红色的月亮中滑行。

曾经，这里高大辽阔的森林，配上了高大凶猛的陆地巨兽：翼龙、剑龙、棱齿龙、马鬃龙、戈壁龙、棘甲龙、中国鸟脚龙、霸王龙、鲨齿龙、猛犸象、野牛、野马、披毛犀。他们互相残杀,一个又一个血色黄昏。大地震怒。火山冲上高高的天庭,一瞬间湮没了所有的生灵。让它们在地底变成氧化硅。方解石、白云石、磷灰石、黄铁矿、煤和石油。让它们成为灰岩、砂岩、泥页岩、砾岩。将它们固定在石头上,成为永恒的囚笼。

几亿年。一阵风吹过去的时间。一捧沙,全是兽与木的碎屑。它们的血一样温热着。心脏在跳动。死亡之海。石头代替所有的骨头说话。风的落叶,一层又一层。

现在,最炽热的死亡来了。水已经风化。煤和石油把愤怒压在深处。树木因等待成玉。石头坚持不住,纷纷解体。坍塌的灰烬,还在焚烧自己。种子炭化。沙丘上卧着鬼魂的鼾声。

这是暴君统治的世界。连太阳也无法管束它。赤裸裸的荒凉。光秃秃的风景。瘦骨嶙峋的胸脯。恶狠狠的牙齿。飞扬跋扈的声音。星辰高远。月亮沉默。闪闪发光的矿脉,在夜半怒吼。

再也没有像你这样令人绝望的遥远了。路像一把黑剑,刺穿天空和远方。被抛尸弃骨的戈壁,一片狼藉。谁还敢带着如此深重的孽债,带着旷世的恐惧,从时间的沙子里爬起来?生长,像石头一样坚强。红柳、梭梭、沙枣、芦苇、胡杨。它们怎样成为生命？怎样，在这远古的刑场中，寻找生命的基因，活下去的理由？

漫漫黄沙。永不熄灭的火焰。烘烤的地狱。火刑的施行所。沙尘暴。大地的贫民窟。

我的头发里、鞋子里、嘴里，灌满了你的沙子。我用牙齿磨着。谛听它撕心裂肺的申诉。

哦，我看见了，大量的湖泊和岛屿。这是戈壁上亿万年的海魂——海市蜃楼。它们依然游荡在古老荒凉的家乡。海枯石烂，阴魂不散。

天　马

草原因为辽阔而静止，雪山因为高远而静默。

如果没有马匹和骑手，没有马的长嘶和奔腾，草原一如远古，或者已经死去，草原上将没有英雄和传说。

但是有一万匹马，一万匹从天山奔腾直下的马，摧毁一切的声音，如远雷滚过天际，带着天穹下的烟尘和雾霭，突然撬开我们的眼睛。这片草原，在疼痛和喜悦、战栗和快感中醒来，开始呼吸。马在草原上驰骋。

一次次，这就是送给草原的馈赠。

是我心中的某一匹马？超越了我的想象。这不曾是我视觉应该尽享的盛宴。这个物种，我并不熟悉，它们的气味，它们高大的比例匀称的身架，它们的长脸，它们眼睛里的东西，它们的脊鬃和甩尾，它们奔跑时山崩地裂的爆发感。它躲在我们一生的词语背后，在遥远的天山深处，活着，空间巨大。它活在书里，活在虚幻的高不可攀的意境里。说来就来。像一阵风，一阵狂风，卷起天空下的血潮，呼啸而来，陡然间将我和草原淹没。

并不是所有人，能走到这里，被这惊心动魄的铁蹄刺醒。像哑巴，张大着嘴，意外地，成为见证者。我是如何走到这样壮阔无边、所向披靡的世界，混迹于它们中间？有多厚的耳膜，能够承受它们的嘶鸣？马群怒卷，就像我们心上某种东西的突然炸裂。我的心，野马奔腾。

如果马的脚下有火焰，草原就是燧石。

为什么不早告诉我，这些马，一直浩荡在天山脚下？它们的家乡是没有尽头的大地。在这片幽静的草原上，在马的鼻息的深谷里，当夜晚来临的时候，连梦境都带着箭镞的呼啸。马的疆域与天空重叠。有一千条路，属于这些精骛八极、心游万仞的天马。是的，它们就是天马，汗血宝马的子孙，有着高贵的英雄血统。你究竟有多么优美？上帝究竟如何精工雕出了你？

天空，灰色的钢，充满了冷漠，充满了对草原长久审美的疲惫。但是，天马搏动的心脏，就像鹰，在飞翔。没有倦怠，一如历史上最伟大的心跳，变成文字和诗。冰河铁马的壮美，"马毛带雪汗气蒸"的悲怆……

这些天马依然在这里。在这远方温暖的山谷，气候湿润，到处盛开着艳丽的千叶蓍、神香草、椒蒿、野紫苏、金莲花、藜芦、老鹳草、风铃草、橙舌飞蓬……草丛里奔忙着啃断草尖和处理粪便的甲虫。还有一些鸟，一些高傲的翅膀，与天马们一起，在这里，繁衍生息。

伊犁产良马，良马出昭苏。"天马来兮从西极"，这是《汉书·乌孙传》所记载。所谓汗血马、乌孙马、西极马，就是今日天山下的伊犁马——天马。青骊八尺高，侠客倚雄豪。它外表俊秀，双目炯炯，枣骝色的马毛细腻光滑，四肢具有非凡的韧性与弹性，腿型漂亮至极。它的鼻骨那么坚硬挺拔，以绝对的自信抵御奔跑中打向它的狂风。它线条流畅，步态优雅，勇敢且敏感，眼里含着草原的柔情。

三千年前最古老的马，从你诞生之初就是传奇。当你奔跑，我把所有的敬意都系在马鬃的风上颠簸起伏。

你四肢的迈动简直像在草原的琴键上飞弹，你一定是沉醉的，草原因此而妩媚。

那些疯狂的影子，雪崩一样。天山下狂暴的云，草原的脉动。谁能够阻挡那些马没来由地奔跑？除非它因无力或者衰老死去。最后怀着颓丧，倒在星空下。视野太辽阔，我无法伸展这样的胸怀。我的赞美之词空空荡荡。能看到几十个村庄，几十座山冈，几千匹马。能看到马群的洪水，像溃口的江河朝草原深处泻来，卷过一道道山冈，从草原上的最东到最西，从日出的地方到日落的地方。我无法对那些成群结队、无边无际在云彩下面奔跑撒欢的马说话。生命的激流，被人类丢弃的美德和高度。它奔腾，它信步。那长卷展开的天山山脉，与山脉相倚的膨胀不动的卷云，那些在高远天空展示自己孤独美感的鹰翅，那些让人的视线飞向最远地平线的烟尘与戈壁，都是它们的家。

草原的辽阔是所有文字的空白。在汗腾格里雪峰下的木札尔特河、特克斯河、苏木拜河、纳林果勒河滋养的喀拉盖云端草原、加曼台草原、巴勒克苏草原、坎日喀特尔草原上，在云端奔跑的马，有着云的品质，有着天的神性。力量、肌肉、骨感、雄心、速度、决绝，如此集生命的完美于一身。是草原锻造的美艳,坚硬的蹄声,大地的鼓点,表达着时间的节奏。

风是用马的形象雕塑出来的,如果风出现,马就会出现。在这里尤其如此。

马是所有的风景。如果它在雪地上行走,它是风景。如果它在晨雾里咴咴长叫,它是风景。如果它在干旱的浮尘中奔驰,像一首高亢、雄浑、壮阔、忧伤的牧歌,它是风景。

如果草原上的日落只为一匹马的寂静伫立,这是巨大的瞬间。我们每个人都会在这种时刻找到献身的理由。

这古老的静默和飞奔,古老的沸腾的血与激情,是草原的基因。但愿我有一块丰饶的大地,被你践踏得尘土飞扬。但愿我有一片高旷的天空,能够盛满你回旋的嘶鸣。

一个人也许会憔悴,一匹马却不会;一个人可能会猥琐,一匹马却不能。勇猛与忍耐,凝聚自己的力量,英俊与狂野,结合成一个伟大的名字。马是疾风的化身。草原如号角,天空扩大着召唤。这是闪电聚起的暗夜。好马塑造出雄健的骑手。只有奔跑和迅疾的行动,对生命才至关重要。何况它们是一种天马,它们注定了要在天空和大地之间遨游。

"一代又一代，颈脖磨着马厩窗栏，磨平了木头，像海磨平岩石。"美国诗人唐纳德·霍尔对马充满了怜悯。是的，马的风光在草原上，而不是在缰绳、衔铁、嚼子和蚊蝇嗡嗡的马厩里。有时候它会冻得瑟瑟发抖，它的身体，被草原散漫的时间啮尽。它将失去骑手，回忆天地间自己陌生的蹄音。那些空旷的回声，一匹马曾经的血。

一个哈萨克人，在月光下骑着他的马在踱步。他也许是草原上的阿肯，用冬不拉传唱着一首关于天山汗血宝马的歌。他心上的马，只有一匹。伊犁天山远，天马天上来，长嘶惊万里，万里长云开。

在这片广袤的草原上，我们每个人的血管里都有一匹天马被唤醒，嘶叫着，准备奔向夜色茫茫的草原。

古今如梦,何曾梦觉

古今如梦,谁人不是天涯倦客?

大地的哈达

大地如此慈祥圣洁，这条河谷就是神灵幽居的古老故乡。沿着大渡河两岸，以及她上游的大金川，一百里盛大的花海，盛大到浩荡，到奔腾，到翻滚，到延袤不断。只有一种色彩：洁白；只有一种味道：清香。这百里的白，满川的香，这被梨花淹没的一个又一个藏寨，被馥郁洗劫的一座又一座山头，仿佛大雪突兀而至，雪崩席卷而下。这样的村庄，为迎接春天的到来，用一万株、十万株、百万株古老梨树的花，抵抗山顶雪峰的冷，大河奔流的寒。

蜿蜒飘拂的梨花海，爆着响声的玉佩，点燃耀眼的浮冰，云帛重锦，这是大地的哈达，献给春天和祖国的吉祥祝福。这是大地的奇观、人间的奇景、世界的奇迹，农耕文明的壮丽长卷，它就横亘在川西，横亘在阿坝州的高原之上。

梨花真的开疯了，完全疯了，有吐尽天下芳香的豪气。我闯入这样的癫狂花海，像一个少年一样带着童贞的亢奋，被这春天之火的魔力快乐烫痛，有如一个蹈火者。高原的阳光照耀的那些纯真笑脸，那些青春丽影，那些在花丛中徜徉和歌舞的人们，那些蜜蜂的嗡鸣，那些吹起的长长的铜钦、甲铃和敲响的咚咚的藏鼓，那些嘉绒藏族男女跳起的马奈锅庄，服饰奇美的女子，头插雉翎、手握藏刀的剽悍男人们，像是花仙，像是雄鹰。这茫茫的香雪海，玉洁冰清的漩流，疯狂地旋转在金川的土地上。在沙耳乡的神仙包，相传这里是成吉思汗东征病逝的安葬之地，巨大的土堆疑似他的墓冢，这漫山梨花是对一代天骄最好的祭祀。在咯尔乡，俯瞰大金川河谷，依然是燃烧的花海，那种气势就是一场声势浩大的季节起义，是彻底对冬天的反叛和决裂，对春天的攻占与欢呼。

沿着梨花的长廊，织着河流的花环，这里的大金川河谷已经完全是茫茫花海，不仅仅是沙耳乡、咯尔乡，还有庆宁乡、勒乌乡、万林乡、河东乡、河西乡、集沐乡、撒瓦脚乡、卡拉脚乡、俄热乡、太阳河乡、马奈乡、二嘎里乡、阿科里乡、卡撒乡、安宁乡、曾达乡、独松乡、马尔邦乡、毛日乡……数不清的千村万寨，全笼罩在梨花盛开的赫然气魄中，梨花烂漫，粉妆玉垒，雪浪翻飞，不可遏止。

金川在阿坝藏族羌族自治州，是一个特例，它被称为阿坝的江南。不过我更看重她的气候，三月这里如此温煦，春风如此和蔼，阳光如此明媚，天空的蓝把梨花的白和雪山的白衬得格外纯净，因为梨花的肥厚，近看像是水晶雕出的巨大花树，在河流的滋润下，以天真的素白照耀和守护着这儿仙境般的生活。收获果实的秋天一定比想象的还要壮观，也有同样的温暖和甜蜜馈赠给这儿勤劳的人们。

这种恢弘的春天的仪式，是古老先民为子孙创造的狂欢节，它依然浸透着祖先们的记忆、嘱托和想象，让春天变得华丽如"东女国"的皇宫，这是大自然装饰的宫殿，用千万朵鲜花打扮的瀛台，盎然吐放着他们的激情和基因，那么浓郁、强烈、雄健、妩媚、炽热，洪波涌起，渐至澎湃。那被点燃的高原之火，白色的烈焰，是山川的血液。群山在梨花中浮动，绚烂瑰丽，令人情迷意乱的磅礴光流，被流淌弯曲的大渡河带向世界，像是高原洁白的神话和梦境。

在这无边无际的花海中，一定有一位巨神，是她丰腴晶莹的躯体，一直在眷顾着这片土地。让人们吮吸她丰沛的雪乳，滋养他们的道德、精神和信仰。那几乎透明的花瓣，细小精致的花蕊，有黄，有红，有绿，以微小的光芒组成汹涌的火树，点亮这片吉祥的天空。在夜晚，它是一万个月亮照耀下的银川，这些白色的精灵，月光的河流，纵情劲舞，跳跃和奔泻在春梦间，被河水拉曳成银色的星空。火焰相互串联的秘语，是遵循着高原季节的召唤，一瞬间喷发如春雪。被这发狂的花海夹拥的大渡河，即将湮没我们的躯体和意识，我听见了梨花喊叫、拥挤、争吵和闪烁的渴望。煨桑祈福的烟火和村庄的炊烟汇合，从花缝里钻出来，流溢和洇染在梨树林、古碉和藏式小楼之上，这袅袅的、慵懒的、牧歌般的自在日子，被花海惯坏了，让这里的藏、羌人民如此幸福地陶醉在静谧如童话的梨花园里，令人艳羡。

梨花的怒放，梨花的挤攘，梨花的壅塞，梨花的嚣张，在这片高原上、河川里滚滚向前，就像春天冰河炸裂，就像传说中东女国妖娆的女子，盛装华服，炽翼凤飞，粉汗为雨，歌吹为风，与春色一道翩然降临人间，进行一场高原盛大的加冕典礼。那些在梨花丛中评选出的梨花仙子们，是嘉绒藏族和东女国花魂的复活，美艳的重现。而她们，那些独特美丽的嘉绒藏服，高贵，冷艳，妩媚，矜持，神秘，在山坳里，在山冈顶，在河滩上，在悬崖畔，蓬勃、放肆、凶狠、狂狷、骚涌、直拗、坦率、硬气、洒辣、轩昂、堂堂正正、云气如剑，似大鹏展开垂天巨羽。嘎达神山、索乌神山和琼布神山上的雪峰，雪峰之上的白云，这高原上最浩荡的白，天上地下的白，是真白。这是众神的花筵，三千珠履，飞觥献斝，卜昼卜夜；这是放逐的花妖，烟纱玉瓒，春宵倩影，炯然窈窕。漫天纷飞的花语，属于云朵之下的善良人民。

香气蒸腾，银光堆泻，这春天之火，静静地在阿坝高原上燃烧，这古老而又年轻的玉树琼枝，一年一年带给人们无尽的惊喜和狂欢。

我今天遭遇到的这一切，这生命的瞬间，是一种隆重的恩典。在这里，流蜜的、翡翠的河流，洁白无尘的梨花海、雪峰、寺庙、铜钦、古碉、经幡、优美的舞蹈、神话和部族的传说、雄劲的信仰、树木的传奇，全都闪现在强烈的阳光下，葳蕤并滋润着这片香风花雨之地。

嘉绒亦即嘉莫绒，意为"女王的谷地"。只有女王才配有这片膏润的谷地，才配有这片谷地上盛开的古老梨花,才配有在花下生活的美女如云的嘉绒藏族。

金川,是一个产出金子的地方,也是一个曾经让乾隆皇帝头疼的地方,乾隆"二征金川"的历史惊心动魄,但金川的雪梨也曾是乾隆和以后清廷皇帝的最爱,为上等贡品。"中国雪梨之乡"的美誉天下闻名,这里有金川一枝花——金花梨,也有数百年历史的鸡腿梨享誉全国,被专家们称誉为"全球雪梨最佳生态区"。这里的雪梨果大汁多、形态光洁、果肉脆甜、肉汁洁白、入口即化,品种达81个,品种之多,真是琳琅满目,令人眼花缭乱,让人大饱口腹,而金川雪梨是全国唯一的、独有的梨子品种。

一年一度追寻你的踪迹和香魂是不可能的,但我会记得这次流蜜的偶遇和邂逅,记得你在天边的一隅散发的异香,展示的幻景,阿坝连绵起伏的高原群山之间,你汹涌腾越拍击天穹的花海,清香的气息。是一双什么样的巧手,是谁,织就了这条巨大的哈达,捧来这满满的祝愿和崇高的敬意?这属于高原的永远的花季,让金川永远吉祥,永远明艳,永远甜蜜,永远年轻……

抚州古村

抚州的古意是从金溪的众多古井冒出来的，这多少有乡野的清冽寂寥，如井口生长的青青蕨草，有自得其乐的大美。但一口古井就是一泓文化深泉，一鼎文化高汤。

抚州之奇在于才子太多。有一个汤显祖就够了，却还有个王安石。有一个王安石就够了，却还有个曾巩。有个曾巩就够了，却还有个晏殊。有个晏殊就够了，却还有个晏几道。有个晏几道就够了，却还有个陆九渊……当代有个舒同就够了，却还有个游国恩。有个游国恩就够了，却还有个盛中国……汤显祖的四部剧作称为临川四梦，王安石也被称为临川才子，曾巩也是，盛中国也是。有个与他们齐名的才子王勃在《滕王阁序》中赞叹有"邺水朱华，光照临川之笔"句，才子们的管管如椽巨笔，写就雪碗冰瓯之章，才有了临川美誉。

抚州，要我说，有两大可以永世炫耀的：临川的才子，金溪的村子。但历史上的赣东只有"临川才子金溪书"之说，意思是，金溪浒湾镇的木刻印书全国闻名，盛极一时，但竹桥古村却是"金溪书"的发祥地和主要承印地。无论是浒湾还是竹桥，不都是古村子吗？于是我将民谚稍改，成了"临川的才子，金溪的村子"。

金溪之奇在于古村太多，除了浒湾古镇、竹桥古村、仰山书院、东源古村，还有蒲塘古村、游垫古村、靖思古村、萧家古村……金溪县的山水中隐匿着80多个古村落，近万处古建筑。其中国家级历史文化名镇名村3个、中国传统村落6个、省历史文化名村7个。村落中不但保存着大量明清时期的古民居、祠堂、书院、庙宇、牌坊、古井、戏台、古道、古桥，而且这些古建筑还生机勃勃，荫庇着古建筑的后人，在里面繁衍生息，枝盛叶茂。这里我看到一句话：金溪，一个没有围墙的古村落博物馆。

古建筑群，古村落，这些好听的名词，在幽暗的乡野闪着光，小得就像一块藏在草丛中的瓦片，大得就像那些伸入蓝天的飞甍翘角、青砖黛瓦、天井门楼、亭阁牌坊、石木砖雕。那些院落也好，牌坊也好，完整得像是一个朝代的梦幻之影，一个精雕细凿、千姿百态、气韵磅礴的艺术大展。历史的窖藏一定是在乡村，它们保持着奇思妙想的细节，其顽强挺立的意义，是在每年的新秧新荷中，在游鱼的穿梭和屋檐的雨水中，在瓜藤爬上篱墙的灿烂中，在我们千山万水而至的叩访中。

这些村庄的格局一定打通了曲折的心路，能够安放一些人的满腹心事，有许多的角落，许多的门扉，许多的锁，许多的苍苔，让许多的人隐身至此，达至一万年。它们的建造之复杂，之优雅，之沉静，之大气，就是为了召唤那些在异乡的游子和游魂的。一口村头老井的作用，除了让清泉永在，久润饥渴的旅人和族人，它最大的作用就是等待。总有一天，几百年以后，在某一个时刻，它的水面上，会映出一张归来者的脸，我们活着的人也许看不到，但能感受到。在阵阵荷香中飘来的幽魂，在月光下，只要你魂兮归来，那口井的清澈的眼里，会映出并记住水中的某人，那才是最为亲切的，就仿佛，是那个刻在墙上和史书中的人辉煌或者悲壮或者传奇一生的投影。是的，他的脸，他的心，总会在水井里荡漾，因为这是故乡之水。还有那些道路的扭曲幽深，那些院落的隐秘清凉，都是为了召引从这里走出去的所有人，所有故事和所有时间。不会衰老的村落，走进门楼遭遇到的那口水塘，就是你的洗濯之处，无论是洗去汗水、屈辱、荣耀还是风尘。水草在透明的塘底摇曳，一切都是新鲜的，白云和墙的影子。那些路上凹槽的车辙。我们听到了独轮车仿佛依然被人推着，他们走过的沉重喘息声和车轮的吱呀声从清晨的雾里传来，依然有行人奔走在这条古老负重的道上，为了生活和理想。那些书法的牌匾，似乎还冒着墨香，写字人手握着毛笔，站在牌匾下，正在远远地打量他浑沉敦厚的大字，和如今的人们一起欣赏着他的得意之作。那些门楼的雕花，牌坊的雕花，窗户的雕花，哪些雕刻者，拿着凿刀，手上和衣襟上的灰尘来不及拍打，也在打量着他镌刻出来的美丽图案，并且相信将要流芳百世。他知道他手下的作品，将与这个村庄的建筑、道路、树木和水井一起，成为永恒的事物。而且他像预言家，他所做的这些是在雕刻时间和历史的骨头。他知道有一天如果这个地方将不可遏止地衰败，在即将成为废墟的时候，会有人重新发现它们的价值和美。这种美是全方位的，深刻的，代表着我们先人的所有智慧，所有哲学和风水，是一种聚族而居的力量，可以永久缄默在它的小巷中，即使道路废弃，会有人重新铺砌石头。门楼倾圮，会有人再竖巨柱。

院落的石缸干涸，会有荷花重新绽放。破碎的石狮、磉磴、石鼓，天井中的阳光，总有人会让它们复原。因为古村的生命是无限并流传的，它代表了美，也让人生活在美中。

我们走进金溪的竹桥古村，在莲荷铺天的乡风中，我们看到了它穿越时间的绝美。美是一个古老的尺度，如果你安静，在石头上忘记时间，或在石头上磨着时间，都是美的。我头一次见到如此之深，如此之清晰的村头石板路的凹槽，行路人多么固执地走着相同的脚印，在几百年的重复往返中慢慢由车轮刻成。但是，让时间先走，村庄再走。村庄慢了一步，保留了自己。

我看到一个老屋门上的对联，上联是：门少车马终年静。被时间和车马浮尘的嚣张忘记，何尝不是一种大福。来往的车马如饕餮厉草，磨平你满口臼齿，像村前路上的深辙。

噢，这个村庄藏而不露，媚而不妖，静而不冷。

仅仅在这个竹桥村，就有100多幢明清建筑。但说幢似乎是独立的，而竹桥古村的建筑是一组一组的，是古建筑的群像，如文林第、十家弄、八家弄。它们互相勾连，互通款曲，亲密无间，雨雪天在环廊中行走不用伞不湿脚。我喜欢在这有长长甬道的连体房中徜徉闲逛，还喜欢坐在它们的门槛上，深陷时光的幽处，摸着残缺的石狮和棱角分明毫无风化的门框，享受斜射过来的阳光——它们在窄窄的小巷间，吝啬地抛下一条明亮温暖的白线，与屋檐一起切割出这古老街巷的阴影。这被亢奋时代遗忘的村庄，仿佛没经历过激进狂躁的革命和兵荒马乱，是从明清直接跨入到今天的。这多么神奇。

我喜欢读那些碑、匾、墙上的字。禁碑、余大文堂、培兰、植桂、养正山房、苍岚山房、公和堂、锡福庙、怀仁书院、镇川公祠、武略春秋、耕读传家、乐成善举、劭农笃祜、惜字炉、桓雅、大夫第、司马第、文林第……这些建筑是宅院，它也可以是祠堂；是庙宇，它可以是书院；是私塾，它也可以是公学。这里的建筑可以成为村庄和文化的一切，它们全氤氲在一派文化历久弥新的祥云中。

我最喜欢的字是文隆公祠的一块石匾，在通往花园小径的门楣上刻着的"对云"二字，这院落里的人算是活明白了。"不谓堪舆今未改，好峰依旧对门前。"庭前竹椅，一杯清茶，一卷好书，与碧山白云相对，这样的生活，恍如我们的前世。

汉风凛冽

身着褐衣的凿石者，紧攥着灼热的錾子和铁锤，对准巨大的石头，凿着，凿着……这是汉代无数为逝者忙碌的工匠们，映在历史帷幕上悲壮沉重的姿势；顺着背脊和胸膛滚下的汗水，冲洗着厚厚的粉尘，留下一道道闪着盐晶的沟壑。叮叮当当镌刻画像的铁质声音，迸溅、轰鸣、翻滚，直至被深邃的时间吞噬得一干二净。那些粗陋、细致的刻痕终于冷却，留给了历史。

是史诗。这激越的汉风，不曾偃息过，曾经幽咽，从未掐灭。铁写的、铁磨的历史，錾尖的墨水，心灵的诗篇，在天地浩宇间呼啸。石头，沉重滞缓，不易被时间风化和打败的物质，从一开始就沉默着，变成血脉的风暴。内部的火焰灼烫，坚守着坚硬的秉德。强悍粗莽的体积，它神秘的黑暗深处，潜藏着一个朝代的骨骼。

用铁錾解救出囚禁的生命，解开身体的锁链——他们曾经生活并将永远生活在那个令人神往的汉代。还有兽、禽,子虚乌有的传说中的仙灵,闪烁在汉代人的想象中。怪兽,异禽,腾跃的影像,被錾子凿下的一刹那所捕捉,将它们狠狠地摁住,摁在石头上,将它们压入石头,像远古生命死亡的化石……一个时代的悲欢、想象、渴望和骄傲,一个时代的响动和脉跳:农耕、捕猎、征战、婚嫁、殡丧、庖厨、骑马、梦境,以及出现在灵魂天穹上怪力乱神的世界,朱雀、玄武、渊龙、彩凤、玉兔、麒麟、羽人……"左朱雀之芰芰兮,右苍龙之跃跃。"(宋玉)这热气腾腾的三界,从深古的墓室、威严的汉阙、亲切的宗祠、王侯贵爵亡灵的神道,再次向我们袭来。力。美。气势。狂放。粗拙。恣肆。在血汗和艺术的祭奠之处,在磨亮的石头上,繁密茁壮的时空里,诸神充满。

石头之书。一个怎样的汉代才配得上这上面的线条与图案?什么样的艺术才配装饰这生与死的舞蹈?永恒不朽的石头,从无数山体崩裂而出,掠过飞尘,狰狞扭曲,倾轧蒸腾,点燃祭祀的灯,标示时间的方向……疾风初起。这石头横空出世的壮观景象,在众神狂欢过后,拉开了汉代神秘的长卷。这浩瀚长卷,无声的石之河,历史的倒影，成为我们远去的玄想、仰望和怀念。

将一座山齐刷刷地劈下，不对，应是凿下，像刀切斧削一样壁立千仞。狮子山楚王陵的墓道，既是石刻，也是石切。难道这些凿石工，不是农民，不是石匠，不是在蒙面的粉尘中谋生的卑贱者？来自田野的雕刻大师，他们谙熟生命在石头上存在的秘密，抽出每一根线条的黄金，他们是揭示秘密的人。一切艺术诞生于旷野。

在狮子山楚王墓前，有许多庞大的、未凿完的石头，它们横七竖八、犬牙交错地胡乱堆砌在那儿，这是一个未完工的工地，似乎看得到石匠们尚未走远的样子，他们从沉重的巨石里爬出来，像一只只甲虫，满手老茧和血渍，看着自己即将完成的杰作，在一个血红的黎明悄然离去……

凿石者在石头上留下了温驯的牛和尖锐的犁——它们可爱地耕耘着汉代的大地。嬉戏的羊、飞翔的大鸟和心怀叵测栖居在屋顶及车轼上的神鸟。扬鞭的农夫、握锄的农夫和播种的孩子。接吻和交媾的男女。炮鳖脍鲤的美食家。执桴击鼓，羽葆飘扬，投琼著局、嬉耍玩乐的艺人。

凿石者在石头上留下了歌吟、吹奏和长袖起舞的仕女。留下了织布、络纱、摇纬的农妇。迎宾的侍仆、下棋的闲客、烧烤肉串的饕餮者。背牛、扛鼎、拔树、伏虎的力士（他们的脚插进了泥土深处）。

凿石者在石头上留下了头戴斗笠，身着蓑衣，手持耒耜，引凤升天的炎帝。熊首人身，口吐仙气，体生双翼，乘凰升仙的黄帝。青鸟为其衔食的西王母。在楼阙上亮翅的三足鸟和诡异的九头兽、九尾狐，以及人首蛇身、马首人身、鸟首人身的众神……

无数梦幻与现实的场景，雷公雨师出行、象奴戏象、转石成雷、水人弄蛇、幻人吐火的百戏图。羽人戏麒麟、傩舞图、秦皇泗水取鼎图（众人拉鼎，上有飞鹿神骏，下有鱼鹤怪鸟，那条啮咬鼎绳的龙，惊恐紧张）。车骑过桥、宾主宴饮、侍者献食、仙人点灯、玉兔守鼎……水中的鱼车，蟾蜍驾车，玉兔驾车、飞鹤驾车、祥龙驾车、神鹿驾车，虹龙、星象蟾蜍、风神、伏羲、女娲相送的盛大升天……超凡的艺术想象，让笨拙的石头成为天空和灵山，成为神祇的圣庙，成为诸神飞翔的穹隆。死亡像一场狂欢，是生命的另一次开始。削去楚辞"魂兮归来哀江南"的凄婉幽愤，生命不可终结，永远高亢存在，这澎湃烂漫的灵魂，精骛八极、同气相求，犹如天地初创时的大典。

云龙风虎的遒劲造型，挟风云雷电，携日月星辰。浑圆饱满的线条，以大朴不雕之雕，大道无言之言，大象无形之形，组成了石头上的大汉风景。什么叫汉唐气象？在徐州，在我见到的汉画像石上，一个时代的伟大气魄和盛世年景如辎重和沉雷从天庭滚滚而来，撼人心魄。

沧桑历尽，从荒野上挺立起来的石头，就像汉代，仍在遥远的地平线闪光。那些灵魂的仰望者，对天堂的渴盼是从神道开始的，石阙、石碑、石柱、石人、辟邪、石虎、石马、石牛、石羊，如仙槎，生双翼。至石椁、石棺、石阙、石祠……笨重的石雕，因紧贴大地的皇皇匠心，而让其身轻似燕，飞入袅袅青空，冲破云烟，进入太虚圣境，脚下，仍是磅礴汉家厚土。

两汉文化是以荆楚文化为重要基础形成的，"汉风楚韵"是徐州历史的真相与格调。楚是汉的旋律和回声，荆楚浪漫恣肆、奇诡炙热、"独与天地精神往来"的艺术气旋，汇入汉代气势汹涌，古拙天成和浑厚沉雄的血脉狂潮之中。这涅槃般的淬炼，视死如生的冥想，击破了天堂和世俗的边界，穿越了历史的沉幕风烟，回肠荡气，虹腾霞落。

徐州，汉文化的重要发源地，"大汉起于小沛，大汉根在安国"。虽然汉兴起于楚，但两汉是汉族自我确认的时代。她的自信、青春、强劲和力比多膨胀高昂，其他朝代无可比拟。她的开疆拓土，到达过河西走廊和南疆的沙漠深处，你就能强烈地感受到。我想起"三十六人抚西域，六头火炬走匈奴"的班超，这位以三十六人平定西域的杰出汉使，以强大的胆略和吸附力，收服了西域五十多个国家。没有像班超这样挟持大汉之风的吹彻，吞吐八荒的豪杰，没有汉画像石这种体量的艺术之魅，文景之治、昭宣中兴、光武中兴又有什么神采和气韵？

"大风起兮云飞扬，威加海内兮归故乡，安得猛士兮守四方！"大风，猛士，这就是徐州汉画像石透射出的凛冽之气，无数灵跃的石头垒砌着，占领了惊涛轰鸣的历史河岸，带来森严激荡的气象，横亘在千山暮雪，万里长云的时空，雄浑、苍劲，成为汉代的丰碑。

天籁响处白塔村

　　同行的张国云先生手机拍摄的一张西渚水墨田园的晚霞照片，那是多么辽阔、静谧、瑰丽和梦幻的西渚，远方金色的稻谷、黛青色的山峦、圆润的拱桥、燃烧的水泽、即将沉落的悬日……如果配上一个传说中的七层白塔伫立的倩影与倒影，将把西渚拉回到梵钟阵阵，烟水苍苍的幻象往昔中，这里美丽的传说和生活，被此地浩瀚的晚霞镀亮，穿越梦境与现实的景色，是自然山水的雄浑交响与激灵，是厚重神秘的历史折射出的蜃景。山含瑞气，水带恩光，那里涌动的情愫慈慧遍布，诸神充满。

　　白塔，过去存在，现在存在。过去的，在白塔村。有史料记载的是始建于宋咸淳元年（1265），在"大觉宝寺"之白塔山，俯瞰着西渚原野，灵山秀水，有朝暾晚霞可映，禅境茶韵可依，想来此塔一定有大觉大悟之神采,定慧定智之风范。

清中期,有一首当地任氏的《塔院晓钟》写道:"钟声何处忽飞来,山顶鲸音散绿苔,一击如闻天籁响,五埂乍破碧云开,唤回蝴蝶花间梦,惊起江湖水底雷,我有华阳仙侣在,青山红日映楼台。"这里,是天籁响处,楼台碧云。现在,在西渚,也有了新的更加宏伟壮观的、豪华版的大觉寺和白塔,但那并非原址上的原物,好在村里正在复建"白塔钟声"、"薛桥寻梅"等古景。

说到白塔山,过去老名集贤山,自古属于白塔村,一公里范围,高约五十米。因有了古老的大觉寺和七层宝塔,从此与佛禅结缘,成了星云法师出家的祖庭。据说过去战乱频仍,或人心浮躁,但从十里之外瞥见这圣洁庄严的宝塔,就会心平气和,魂收神敛。此地民风和蔼,文化淳厚,人们走道互让,路不拾遗,夜不闭户。其钟声袅袅,直击心扉,是人们生命与精神的节律,村庄抱团化育的魂魄,矗立云端的大地logo。

而薛家桥在长岗岭处,本名雪桥,横跨屋溪之上,青石砌成的拱桥,半映水中,桥上苍苔古藤,深藏溪谷,两岸有好梅者植梅千株,冬春腊梅红梅继发。行至薛桥若见雪花,梅花已然绽开。虬枝寒英,香萦晚钟,粉颊山水，朔风无隔。

白塔村有矿藏，但没有被疯狂的炸药和挖掘机所开发。要挖地下沉睡的矿藏，付出的代价是千疮百孔，风沙扑面，满目疮痍，是来回奔忙的翻斗车，破旧的工棚，暮云下昏黄的粉尘灰头土脸笼罩在白塔村的上空……白塔村的掌门人欧阳华没有这么想，他想到的是开发文化，保护生态，保卫净土。他说，不要矿藏，空气也可卖钱。矿藏挖光了就没有了，好空气永远在那儿。一个村里的带头人是个明白人，对山水友善，比别人冷静一步，他就有可能挽救一个村庄不至覆灭，从而创造一个村庄的未来。

我行走在村里的山道上，随时可以看到那些藏匿或者掩映在山水中巧夺天工的、与山水浑然一体的美丽去处，有隔水问樵夫的野趣，又有禅房花木深的机趣。因这美妙的恍惚我踯躅在行香竹苑民宿里，竹林深处，江南庭院的雅致与意境，精巧与情韵沛然扑来。鸟啼山幽，蝉噪林静，花落溪香，雨住岚飞的绿意生活，那就是我们向往的日子。

在云芯山庄，在这般芳草与野草同样葳蕤的去处，庄主的金丝楠木馆又是另一个天地，那些震撼人心的藏品，无论是千年阴沉木还是珍稀沉香木，是大师紫砂壶还是玉雕木雕，都尽情显示着江南雅士的富庶与情怀，气质与品位。

半山有庐也是无锡最有名的民宿之一，在白塔村，这样的民宿会时常在村里与你撞个满怀。有游客的诗这样写道："半山半水半烟村，任许春风自叩门。仿佛多年留照影，悠然蝶梦一消魂。"还有一首："一汪碧水映烟村，如画欲迷来客魂。忽起鸟声惊扰梦，半山春色已临门。"哦，鸟声惊梦，醒来已是半山春色，这样的梦境何等奇妙。旅客留言说，对面的林子里有好多萤火虫，咱们一起去捉萤火虫吧。"咱们一起去捉萤火虫"，这简直就是白塔村的广告词。在"半山有庐"的露台，在半山的云雾里，听松风飒飒，竹韵瑟瑟，看星河灿灿，流萤点点，这等景致，终是一生难得的偶遇。

其实它们只是牵稼园的一部分，这牵稼园内，修竹万竿，茶园飘香，泉水叮咚，曲径通幽，山光水色，亭台楼阁，四季花开。何等浩荡的气势，多少楼台烟雨，全在一村之内。牵稼园中，除了行香竹苑、云芯山庄，还有心宅、有庐、阅宜兴、云香喜舍、拾函家、心巴克、左邻右舍、民宿一号等二十多家别具匠心的民宿，将一个山区的村庄，将一座不大的山冈，将过去贫瘠荒凉之地，建成了人们洗心洗肺、悟道悟性的最佳归宿。

兴望农牧也是一个美妙的净界，这里虽是种猪繁育、商品猪养殖、猪粪综合利用，却也是廊榭楼阁，小桥流水，庭院深深，建筑宏伟。他们兴建了高规格的农牧文化园，没有人会想到一个养猪地，竟会成为远近闻名的农业观光园。除了兴望农牧文化园，还有甲有农林生态园……

而宜人书院却是现代的、都市的、小资的和智慧的生活，大量的藏书（也许只在江南的乡村才有），茶与咖啡，与网吧，与大觉寺文创产品，与"白塔守望"的妇女微家，与白塔抖音室，在这里以绝对的先锋展示着江南乡村的文化底蕴和含金量。在二楼的走廊，看到了"读书/耕作/圆梦"六个大字，这也应该是中国乡村久违的"耕读传家"、"晴耕雨读"的耕读常态，只是，如今他们将这些传统的美德赋予了现代元素，注入了新的气象。

在乡村行旅馆和婚庆民俗馆，我看到了一件木制的、年代久远的榨汁机，像一个板凳一样，有一个长的杠杆。将水果和蔬菜榨汁，我不能想象，在物资匮乏的年代，在食不果腹的日子，江南的农民人家中，还有这等器物，打扮着他们力求体面的生活，这是一种贫困岁月中的高雅精致的追求，这样的风俗和器物，是让江南之所以是江南的明证与基因，也是他们永远追求美好生活的动力与引擎。

走出来，在旁边溪河里，水草茂盛，芦苇起伏，几只白鹭立于水渚，蛙声响彻田垄，荷叶田田，花草靡靡，自然之野又涌向了我们，现代生趣也同时被努力地扩大着，它们水乳交融。

这是一个完美意义上的村庄，像欧阳华书记说的那样，他近三十年来，努力带领全村村民，追求富裕，人均收入已达四万元，村工农业年产值三亿多元，究竟是为什么？他说：就是一种听鸟声醒来，听蟋蟀入眠的生活。这种生活叫作生态，这是新词，也就是自然和禅意的生活，智慧和灵性的生活。发展高端民宿，推广高效农业，兴办芳香产业，用抖音和直播的方式推销他们自创的"白塔味道"的系列农产品。这位农民书记说，没有游客来，无生气，游客来多了，又嘈杂，他要在村庄里打造一个"静态区"，与蓬勃火热的旅游道、村企业、养殖场完全不同，洁净、干净、安静，进而让心静，意空。所谓禅者，静虑也，悟道也。禅，即为静虑之意，由寂静而能审虑，如实了知之谓。审虑何其容易？有灵性慧根者，可知静虑，而静虑，就是禅定。我的理解就是静，就是空。空不是空虚，是被智慧的气息所填满所萦绕的。苏轼说，静故瞭群动，空故纳万境。禅定悟道，则让你懂得如何立身、处世、修心、谋道、交际、成事。这个静态区，也是我们身心的特区，修身养性的圣境罢。

白塔的钟声终究是要奏响的，梵音迎漏彻，空乐倚云悬。梵音处处，蓬莱世间。何处安禅，水木年华。明月松风，梵音缕缕。山水穷处云升腾，一声清梵万意空。

欧阳华书记的微信就是"白塔味道"，他嘱我写幅字，我写了"白塔味道"。清禅味，生态味，山水味，乡愁味，这就是白塔村的味道。

一群白鹭被风惊起，翩跹于深蒲芦荡上空，随荷浪袅袅远去，它是白塔钟声的幻化。

田野上的石兽

应该是1980年的秋天,我们的船进入大运河。我们运送的是一船三角蚌,是丹阳人在湖北荆州我家乡湖区购买的,用来养育珍珠。夜泊丹阳,远处的田野上,一轮明月挂在黛青色的天空,大运河像一条晶闪的巨蟒在月光下悄然游动。完全没有想到,在这片月光下,静静地踞蹲着无数庞大的石兽,它们从南朝的齐梁时代一直蹲在那儿,已有一千五百年。蹲得面目风化,瘸腿折羽,但依然以充沛的激情挟风携雷,阔步欲行,视时间如无物。满天的星月,永远是它们身影的衬景……

天气渐寒,重返大运河,这条人工河流依然在江南的大地上蜿蜒流淌。两岸的初冬,黛瓦白墙,芳树绿草,清云逶迤,宁静如玉。在丹阳萧梁河边,当地朋友告诉我们,当年的石兽原料,就是通过秦淮河,再通过大运河(破岗渎)进入萧梁河,然后抵达陵口。陵口,就在这里葬下了齐梁两朝的十一位皇帝，也遗下了巨大的镇墓兽和高大的石柱、石碑。

这些石头，是一种坚硬如铁的青石，从江宁的青龙山开采，数十吨的整石，经古运河运至陵前后，由南朝的工匠们现场制作。皇帝的棺木，同样是从皇都金陵，由古运河乘船，由萧梁河至皇陵。有记载当时棺木进入萧梁河时，新开的河床上不放水，上面铺满瓦，瓦上铺起厚厚的黄豆以减少摩擦力，棺木牵引至陵墓。但棺椁与巨石比，一定没有什么运输难题。

在田野上，在陵墓前，在风霜雨雪中雕凿神兽的工匠们，真正是餐风宿露。这样的雕凿，放在今天，也依然是大师之作。工匠们粗糙的手，只属于那个伟大的齐梁时代。这双手不会轻易粗制滥造去雕刻一匹麒麟或者天禄或者辟邪，他们代表着那个时代《昭明文选》《文心雕龙》和《诗品》的高度与深度，代表着与盛唐和北宋比肩的文学艺术成就。一只搁弃在荒野上的石兽，就是一部石刻的《文心雕龙》或《诗品》。齐梁朝，这江南大地上诞生的政权，真是一场艺术的盛事。这些神兽，因一些人的隆重死去而在田野上盛装出现。但是主人已经驾鹤西去，化为微尘，却把他们带来的神兽留在了这儿，让它们在这片田野上怒吼千年，腾越万载。

江苏丹阳是一个神奇之地，名人众多，历史遗迹繁茂，王陵随处可见。号称"北有十三陵，南有十二陵"，地下的文物尚在沉睡，但陵前的石兽却十分张扬地威武了无数世纪。以庞大的体积和震撼的雕工，上承东晋，下启隋朝，将南北朝石雕艺术的旷世杰作，毫无保留地奉献在这块土地上。

对于那些走近它们的人来讲，这些石兽以先声夺人的气势首先让你屏息，尔后，再来探究为何它有如此高超的技艺，为何有如此庞大的体量，为何要用想象中的、独特的神兽来镇墓护灵。这样大的神兽，它远离我们世俗卑微的生活，在如今想象力萎缩的去圣化时代，人们对神灵麻木不敬。这些仿佛从土里钻出的远古神兽，是我们民族曾经遭遇到的另一种精神生活，一种因敬畏而创造的奇迹和想象。

南朝的陵墓雕塑在中国的艺术史乃至世界艺术史上，都是黄钟大吕，撼人心魄，它以中原北方的雄浑为魂，却全力饰以江南文人的匠心，俊逸、潇洒、细腻、华丽、灵动，堪称世界雕塑史上的传奇。

即使它们在荒凉的旷野上，即使它们是石头，即使它们张着巨口，尖齿峥嵘，神色凝重，但也并不狰狞恐怖，却显出一股志得意满，俏丽轻灵的亲切，触动了我们心上对神灵亲近的某根情弦。它们腹侧上的双翼，与其说是要飞翔，不如说是它身体上的一件配饰，或如天使背上的翅翼，纯粹是可爱俏皮的象征。

石兽的配置和安放也是有等级的，如帝陵前的石兽，头顶有独角或双角，有长须垂胸，而四肢前后交错，如巨兽踏行，足音轰响，大地震动，王者之气，直冲霄汉。兽体雕饰繁缛，精细，体态健硕，线条酣畅，英姿飒爽。王侯墓前的石兽则头顶无角，鬃毛下披，长舌多外垂胸际，微卷舌尖，造型同样威猛。

这些神兽无法收敛它们神秘的冲动和激情，在时间粗暴的蹂躏和鞭打下，它们铁骨铮铮，就是历史的质地。不可征服的意志和力量，睥睨这世上的一切。知道在它们的周围，会一次次成为荒野，一岁岁杂草蔓生，一场场狂风暴雨、坚冰酷雪，但你就是不能够摧毁它，这就是一匹神兽永不衰竭、神灵充满的生命。

在陵口，有齐梁四陵——齐明帝萧鸾的兴安陵，梁开国皇帝梁武帝萧衍之父萧顺之的建陵，萧衍的修陵，梁简文帝萧纲的庄陵。这片齐梁皇家的家族墓地，如今菜畦青碧、芦苇摇曳，满头飞白的芦花，是又一年结束的标志，每当它们出现，时间的纪年又往前行进了一格。

我们来到梁文帝萧顺之的建陵，它位于齐明帝萧鸾兴安陵与梁武帝萧衍的修陵之间。这位所谓文帝，并没有做过皇帝，不过是齐开国皇帝齐高帝萧道成的族弟，梁武帝萧衍之父。子贵父荣，被皇儿追尊为文帝，庙号为太祖，陵则名建陵。一边是杂树林，一边是芦苇丛。河里水草荡漾，游鱼怡然。我们在冬日的阳光下远远看到了一尊巨兽，它叫麒麟，正豪迈扬腿，大步往前跨奔。这个傲视群雄的神兽，春风得意，双翅上挑，紧贴身侧，批毛卷曲如花瓣。烟蹄爽劲，嘶风啸月，仿佛陵墓的主人重又拽住了它的缰绳，骑上这巨硕的神兽，驰骋天地，巡游九天……这匹石雕的神兽，就是墓主放牧在时间长河岸边的灵兽，它俯瞰湍流飞溅，任由朝代更迭，兴亡轮回，锐长的吼声从未改变，踢踏的巨响没入云涛，炽热的血脉由工匠最后的一凿而注满，它永不会死去。它拥有齐梁统治者对自己文化、艺术、生命的诠释权，是那个时代用征战，用笔，用杀戮，用千万工匠的凿刀挣扎出来的沉重身影，是枭雄般的灵与肉、动与静、死与生……虽然这尊麒麟的独角已经失去，上颚已经残缺，四肢也不知所终，就算没有修复，只有一张嘴，一条腿，你也能感受到强劲的齐梁王朝，山一样向你冲撞而来。石头的野莽，如铁血灼人，铜骨敲心……

我渴望抚摸它，感受久远之前留下的温热……冰凉、粗糙，在风化中一些部位变得凹凸不平。可是，一千五百年的风霜，它却被冲洗得干干净净，雕琢的花纹、线条依旧那么清晰、尖锐，就像是刚刚凿完，似乎还有未清扫的粉尘，依稀能闻到工匠们额头滴下的汗渍。对于这种巨大的神兽，它的身体根本不屑于无聊的包浆，它完全能承受和抗衡时间的凌迟与风化，剥光所有的粉饰，一身骨头，坚硬、冷峻、执拗、狂野。蹄削日月，奔风千里，傲首扬鬃，一骑绝尘的石兽，虽是画翅，却如飞翼，哪有一丝守墓者的浊邪、困蹇与哀伤。

齐与梁，几十年如此短暂的朝代也是朝代，同样刀光剑影，英雄际会，诗酒风流，壮怀激烈。站在这里，在丹阳的旷野上，手抚石兽，你觉得离那个有四百八十寺的南朝这么近。它的千里莺啼，姹紫嫣红，它的临水村庄，依山城郭，它在江南丽日里处处掀起酒旗的熏风，它的亭台楼阁、寺庙佛坛，在朦胧的烟雨中时隐时现……

作为齐梁众帝的家乡，他们最后的归宿自然是这块土地，这就叫故土难离，叶落归根。"鸟飞反故乡兮，狐死必首丘。"固然南朝的齐梁皇帝，死时大都很惨，被砍头的，夭折的，饿毙的，闷死的，溺亡的……这些生前才华过人，卓尔不群的帝王，死后大多归葬家乡。国都建康（南京）对他们并非永久眷念与安息之地，纵然丹阳没有虎踞龙盘的气象，但齐梁的皇帝终归都是大文人，心中有乡愁，死后入故土。

其实这种被当地人称为石马的麒麟，并非如今我们常见的形象，但在南朝，它就是这个样子，是传说中的一种神兽，祥瑞之物，镇墓守宅。而天禄又称"天鹿"，也称"挑拨"、"符拨"，它能被除不祥，永绥百禄，故为天禄。有专家说，辟邪与天禄都是一种，也叫貔貅、百解。龙头、马身、麟脚、形狮。南京的市徽上就有它的身影。在进入南京的路口，我每次见到它雄壮灵巧的身影，都会有一种激动，它像一只突然蹿进城市的豹子，有莽撞之态，令人喜欢。司机对我说，他们都叫貔貅。对于这些称为天禄、麒麟、辟邪的巨神，一般人还无法一下子分辨区别，这些神兽的造型，陡然的相遇，会摧毁并征服我们的心灵，唤起我们心中蛰伏的英武之气，啸嗷之慨。它们气吞山河的形象，无论是在闲花野草中，还是荒冢夕阳里，都是巨石之神，它们的徜徉逡巡，豪气干云。它们的铁齿，它们的呼吸，依然来自劲风横吹的南朝，青面铁蹄，咆哮生威。如今只是暂时收敛起了它们的狂暴，在荒凉的夜晚如困兽沉睡，或者在大荒之中，星月之下固执地寻找和呼唤着它们的主人……

那个伟大的放牧者，他因何事遗落了这一匹匹走散的巨兽？他又去向了何方……

我们从梁文帝萧顺之建陵向左，沿着乡间的小路，穿过小河，即是齐明帝萧鸾兴安陵，他的陵前是一只保存相对完好的麒麟。这只更加壮美和傲骄的神兽，我忍不住，上前就扑向它，有一种接近神灵的渴望和冲动。粗壮的尾巴，飘拂的长须，仙翼由四只小翼组成，与飞扬的胸毛浑然一体，它的头颅更加高昂，身材更加修长，体态更加壮实，不可一世，就是一只追风胁月、萧萧独行的异兽，有一种隐隐的阴森和神秘之气。

虽然我拒绝将神兽与所守陵墓的主人联系起来，但这尊石兽却不禁让我想起有迫害妄想症的齐明帝萧鸾。这位皇帝年幼失怙，全仗高帝萧道成扶养。因萧道成长子文惠太子早夭，武帝死后，文惠太子之子萧昭业继承皇位，此萧鸾竟然连杀萧道成二少子，自立为帝。尔后害怕报复，将太祖、世祖、世宗的诸子诛杀干净，典型的恩将仇报，以屠戮亲人为快，到了恶魔之境。莫非工匠们心中有隐隐的悲愤和不平，要将这尊石兽化作萧鸾之影，钉在历史的耻辱柱上？这也许是我的臆想吧，石兽就是石兽。但历史是有记忆的，也是有痕迹的，它深深刻在某处，让我们品咂。

好在，这只石兽只是在河边的岸上，面对着一些菜地和杂树，身上有些许的树影，阳光明媚。它的残暴的牙齿被人敲掉了，空空的大嘴像是被堵住，再无力嘶叫，历史将它定格在伟大而凶险的南朝，阻止它迈向新世纪。它石化在自己的记忆里，遥远的、庞大的、沉重的、激烈和变态的身躯，以及往事，都在这里归零，成为一尊雕塑。

我们回返，沿着苗圃中的一条小道，去往梁武帝萧衍的修陵，萧衍为萧顺之之子，这位出类拔萃、节俭勤政的皇帝，八十六岁时竟饿死在寺庙中。他陵前的这只麒麟威武、粗壮、修长，尾巴粗大有力，它没有傲视阔步之感，却似乎是在驻足观望。它没有欲飞云天之意，仿佛只是人间的一只孤兽，被临时放养在这片田野之上踱步。它的双翼，也只是一种装饰图案。它的造型在我看来，颇显沧桑，张嘴如老夫呢喃，内心仿佛有忧患。这只异样的石兽，没有神灵之气，完全是写实的、简朴的，但有着巨兽的威仪。从后面看，它像一只浑圆的豹子，有能力向前一扑，咬住猎物。

梁简文帝萧纲的庄陵在萧衍旁二百米处，萧纲是萧衍之子，他是被降将侯景派人用土袋闷死的。他的陵前只剩半只石兽，一个头，一张嘴，仿佛在地底下钻出头来喘息呼喊。这是一个悲惨的故事——残兽和它的主人。这半只兽，已经被不明的魔手给掐断了，时间是残暴的。萧纲是梁武帝萧衍的第二个儿子，长兄萧统即是著名的《文选》编者"昭明太子"。自古有"文选烂，秀才半"之说，这本《文选》中的文字，将比这些石兽更加不朽。萧纲和其兄一样，也是文学大家，是著名的"宫体诗"代表人物，在文学史上占有重要地位。他们父子一个个才高八斗，不输"三曹"。

除了在丹阳田野上的这些石兽，还有许多在江南各地的石兽，如在南京栖霞萧秀墓前的，在萧景墓前的，在梁始兴忠武帝萧憺墓前的，在梁临川靖惠王萧宏墓前的众多辟邪与麒麟，还有在江宁、句容等地的齐梁众多石兽。而齐开国皇帝萧道成泰安陵前的石兽，本已残缺不全，在"文革"中被炸毁，令人扼腕叹息。在丹阳博物馆里，还保存有疑似泰安陵的石刻残件，等于是灰飞烟灭、魂魄失散了。为什么要炸毁这些石兽？历史不会回答，历史也会健忘，石头也有无缘无故成为齑粉的一天。

听当地专家说，丹阳的石兽中，齐武帝萧赜景安陵的麒麟最为独特，我在画册中见到此兽，虽然残缺，但残存的麒麟，体形修长优美，如神兽中之窈窕俊秀者，昂着夸张的长颈，像是听到什么响动，在张望聆听，这只神兽真是能够飞腾的神鸟，它的神翼只要张开，定能嗥叫云天，心临万仞。另一只完整的天禄，也是身材修长，腰肢呈流线型，一眼望去，身体充满了弹性与韧性，正处于青春勃发之时。周身的装饰繁复华贵，其雕刻技法也丰富炫目，圆雕、浮雕和线雕交替出现，是南朝石兽雕刻的巅峰之作。

世界上现存最多最大的丹阳古石雕群，堪称宏伟的艺术。它们大多残缺在时间的刀斧里，在时间惯有的反噬中难逃一劫。当石头赋予它神性时，魔性也同时并存，由敬畏而生的恐惧和疯狂，可能是被腰斩和破碎的原因，加上大地坍陷，陵谷沧桑，万物的命运只能是消隐和失踪。

我在云南陆良看过大爨碑，其碑沿残缺不全，如狗啃过一般。一问，才知当年弃在野外时，因传敲下一块碑片煮水喝能治病，故被人慢慢敲碎。丹阳神兽，我也在那里听到一些传说。说靠近陵墓石刻的四个小村，长期以来人丁不旺，有人抱怨是这些墓前石兽成精害人所致。说它们样子昂首阔步，欲飞不飞，踯躅可怖，心怀鬼胎。到了晚上，等百姓关门，它们就蹿进村庄害人，许多女子被它们所惑所害，面黄肌瘦，不能生育。于是人丁少的家里，迁怒于石兽，用铁锤敲砸它们，有的石兽被敲得面目全非，以此吓唬住妖怪石兽，家中女人才能怀胎……有多少代的铁锤抡向了这些无辜的石兽？再坚硬的石头也经不住千年敲打砸击。直到解放后查出这里的人多染有血吸虫病，得病者肚腹鼓胀早逝，当然人丁不会兴旺。明白了科学道理，损毁的石兽也不可能"破镜重圆"，哪怕成为了国宝。所幸，它们至今大多还完好如初地屹立在丹阳的田野上，像神话一样坚实地存在着，成为伟大的艺术群落，带着南朝的热血，昂首嘶鸣，威风凛凛。

香巴拉的稻城亚丁

信仰是空旷的静谧。这句不知出处的话也许是来自天空的梵音吧。去往三座神山的稻城亚丁，得非常辛苦遥远，不是在自家的隔壁。到稻城亚丁去，就必须去川西，那里是川、滇、藏交界的高原。为什么要去那儿？因为山在那儿。在川西的甘孜，我到过道孚、丹巴、炉霍、德格，翻越过海拔五千多米的雀儿山垭口。在德格，过了金沙江就是西藏。从康定开始，这里便是康巴地区。折多河卷着湍急的河水从康定城中流过，吼声如雷。翻过四千多米的折多山，夜宿新都桥，就是五羊镇，我们中的许多人有了高原反应，呕吐，气喘，心跳加速，发烧。他们非常年轻，他们无法适应这儿仅仅海拔 3300 米的高原。夜晚，藏獒此起彼伏地狂叫，听说公路上轧死了一条狗，也许是出于对同伴的悲伤，还听说许多狗前去凭吊。这些年轻的作家为什么对这个感兴趣？是因为人在高原对生死十分敏感？此事加重了他们心理的恐慌。

我们将一路翻越海拔四千米的高尔寺、波瓦山，翻越海拔五千米的海子山，经过世界海拔最高的县城理塘。我们将向稻城亚丁而去，在海拔3750米的稻城夜宿，终点站是海拔4000多米的亚丁，被称为"蓝色星球上的最后一片净土"、"香格里拉之魂"。

氧气稀薄。神居住的地方如此荒凉寒冷。海子山，经幡飞舞，巨大的石块像蝗虫一样踞伏在茫茫山间，这全是冰川时代的漂砾。而这儿，死寂的山上，寸草不生，只有苔藓在石头上可怜地依附。大大小小的海子像是上苍的一汪汪眼泪，它们在雪原上闪着刺眼的光，搁弃在如此之高的寒冷地带。路上有泥泞，悬崖峭壁。有人哭泣，请送我回去，我要回去。大声乞求。是的，我们将一路向北，到达三座神山，到达洛绒牛场和卓玛拉措、牛奶海和五色海。我们的车无法中途折返。

晚上稻城的天空上缀满星星，它们在高寒的夜空闪烁。这些星星陌生，高远。县城也陌生，高远，仿佛并不由人类居住。呼吸困难，有人吸氧。有人整夜吸氧。有人站着睡觉，否则躺下噩梦连连。菩萨难道不保佑来这儿朝圣的人们，看着他们受难？谁让他们面色苍白，嘴唇发紫？唵嘛呢叭咪吽！唵嘛呢叭咪吽！唵嘛呢叭咪吽！我不停地默念着，祈祷着，面向夜空中的仙乃日、央迈勇和夏诺多吉——这就是那三座神山，它们影影绰绰，像在天外，不理不答。

我们要住在香格里拉镇，就是日瓦，那里海拔只有两千多米。导游告诉那些满脸痛苦，犹如在地狱里挣扎的众人。这些年轻的同行者，他们还没作好准备，就被稀里糊涂地送上了高原。他们的生活太过顺畅，不缺神祇，内心装不下如此庞大的雪山和高原。现在，他们无法接受高原的折磨。

我全然无任何"高反"，也许菩萨看到了我的虔诚。那些在图片中无数次相见的稻城亚丁，她的神山和圣湖，已经呈现在我们面前。我们往里走，在这片森林和峡谷里，这里的藏式房屋与新都桥、理塘有许多不同，与道孚、丹巴、德格、中甸的也不同。藏式民居一个县一种或多种风格。但都色彩艳丽，极富装饰味。也许他们真的有雅利安人的血统，像欧洲人一样热爱花草，家家的窗台上都摆着鲜花。稻城亚丁的藏式房子的窗户是黑色描框，全是石头垒制。但打出的石头棱角分明，像砖一样。不要水泥，用的是泥巴。黑色矮小的牦牛散布在草场上，天空飞着一群群秃鹫，山壁上、石头上刻着六字真言。

我们沿着俄初山的原始森林行进，苔藓浓厚，雪松上飘荡着长长的松萝，贡嘎河在身边喧嚣下山，水色碧绿。沿途是朝圣的人们垒的大大小小的玛尼堆，一块石头是一个心愿，风马经幡遮天蔽日，它们每一次飘动都是献给神的一匹战马。到处都是向神献祭和靠近的一往情深，受到菩萨的注视和抚摸是他们唯一的幸福与喜乐。

天色阴暗，天气寒冷。同行的人因为高反在此停歇，不再前行。右手，去往卓玛拉措（珍珠海）和仙乃日雪山。我们看到了半藏在冲古寺顶上的这尊海拔6032米的观音菩萨，她在云端高处，不露真容。但是她森严的白色，分外耀眼，与她脚下的石山、森林反差巨大，仿佛是从整个大地上脱颖而出的一块大羊脂玉。而汹涌的云旗——就是在山顶吹拂不去的云或者雪雾，拉成一面旗帜，飘荡在青空。在时隐时现之中，仙乃日雪山的确像一尊菩萨，一个身体微微后仰的安详大佛。她的四围的群山就如一朵巨大的莲花，那些簇拥着她的山都是菩萨。前面的山是金刚亥母，左边金字塔般的山峰是白渡母，右边是绿渡母。旁边众多雪峰是降香母和妙音仙女们。我无数次地在图片上认识了那座十分规则的三角形山，如此高大，人类都无法雕刻得这么精细规矩，跟埃及的金字塔一样巍峨壮观，但它却是自然的奇迹。我以为这就是仙乃日。我发誓，我此生一定要去往这个地方。我去过埃及的金字塔，金字塔象征太阳的光芒，沿着这个尖顶，就能通往太阳。我虽然不是虔诚的佛教徒，但我的内心尚缺少一座雪山和无数的雪山，缺少高原。它们的体积就是我所喜欢和渴望的，它们的高远是我所向往和追逐的。一切可以仰视的大自然，都值得你去走近。

但是我们先得去洛绒牛场，去央迈勇。从冲古寺坐车20分钟，到达海拔4200米的洛绒牛场。央迈勇雪山就在我们面前。她的左边就是另一座神山夏诺多吉。央迈勇为文殊菩萨，夏诺多吉为金刚手菩萨。这两座雪山姿态完全不同。但高度却相等，同为5958米。洛绒牛场是一片高原草甸，这里是藏族人的天然牧场，也许是因为天气太冷，这里有不多的牦牛。

央迈勇在前方的天空，它的造型非常奇特，山峰的轮廓锐利简洁，是所有我见到的山峰中最干净利落的，而它又这般庞大，却没有拖泥带水之处，似乎轻轻一跃就迈上了蓝天。它像一个巨大的笔架，但信佛的人会说，它极像一尊菩萨端坐在云端。是的，真像。那在云中一闪一现的央迈勇，名字豪气，它双手扶膝端坐，可它多么俏丽，多么淡定。就像一只白色的鹰欲振翅高飞。不管是否是菩萨，雪山就是最伟大的神祇，是天空中激动人心的存在。我坐在一个小海子边的草地上，草开始枯黄，但透出红色。远处的雪松林往高处爬去。在更高处，巉岩似铁，积雪在山顶晶莹闪光。吹着从雪山滚下的寒风，快要下雪的感觉。有人骑马要去往五色海和牛奶海，那儿更近地贴着央迈勇。去过的人说那儿道路难走，惊险万端。但那儿的海子像牛奶一样，森林更加茂密，飞瀑到处都是。因为海拔快到五千米，只有不多的转山的藏族人。转一圈央迈勇要一整天……那我们就往回走吧，沿着卡斯峡谷和贡嘎河。这里的峡谷是天下最美的。

在海拔四千多米的峡谷里步行，这就是天界，念青贡嘎日松贡布。看看这里被菩萨护佑的雪山、瀑布、河流、峡谷、草甸，这是念青贡嘎日松贡布的天界吗？十月最美的季节，在最美的地方，你们忍受着头痛、心慌、缺氧、面色苍白，举步维艰，像大病一场。可是这是值得的，你会永远怀念和想念。山上一树树的红叶如火，草甸的草金黄如毡，河中的水清冽如玉，那些水草被碧绿的河水拖曳得红彤彤的。河岸上的树，雪松、冰杉、丽江铁杉、高山栎在平坦的山谷里，颜色鲜艳，火棘一丛丛燃烧在河边。泛着金色光芒的念青贡嘎日松贡布，色彩浓烈的神山，高高的白，呼呼的红，哗哗的碧。这里就是佛教典籍中的世界八大寒林之一的地狱谷，是人类肉身由凡界进入天堂的必经之路。我们要穿越十八层地狱，才能到达此地。藏族人说：转三次这三座神山，就能消除屠杀八条人马的罪恶。转一次相当于念一亿嘛呢的功德。我们行走在天堂的门口。这条峡谷和河流的奇美，如果它们不是天堂，就再也没有比这更好的天堂了。

所以我理解同行者们的难受，你们还未走完十八层地狱，太过匆忙来到这高原之上的天堂。你们一路加紧体验和经受通往地狱的苦，所以你们才如此痛不欲生，生不如死。

在天堂行走的人没有高反。我们一行，兴高采烈地一直往下走。一会儿，我看到雪雾从央迈勇山顶滚滚而来，越过了洛绒牛场，向我们逼近。这是我在神农架得到的经验，不是雨雾，是雪雾。我催大家快走。不一会儿，雪就开始下了，越来越大，漫天飞舞，密集地向我们扑来。

这是一场突兀而至的风雪。我们欢呼,在雪中疾走。终于在半路上拦到车,我们返回冲古寺,身上的热量全部留在了卡斯峡谷——天堂般的地狱谷。

公元八世纪,藏传佛教的创始人莲花生大师为贡嘎日松贡布开光,然后将三座雄奇壮丽的雪山命名为观音、文殊、金刚手菩萨,为她们卓绝的美艳加持。但是谁又能为我们千辛万苦的朝圣加持?为我们遮挡风雪?

一个藏族人,一生当中至少应去一次贡嘎日松贡布转山朝觐,而我们将要二进贡嘎日松贡布。

晚上在香格里拉镇上,听了半夜雨声。一早,推开窗,东方已经红了,天放晴了。我们整装出发,去往卓玛拉措和仙乃日。又是4200米的高度。

到达冲古寺,太阳出来了,一眼看到了露出尖顶的央迈勇。尖削的雪峰,像一把锐利的剑直指青空。多么利索,多么灵巧,你这有绝尘气质的雪山!所谓天下独秀,就是说的你吗?我在满天的朝霞中向央迈勇匍匐而拜,没有犹豫,头触到冰凉的大地,双手合十,我突然被一种叫壮美和圣洁的东西击中。无论我们经受过什么,我们的灵魂飘浮了多久,我们的心将在这一刻回归。这是诸佛之国，壮美的雪山，慈悲的天空，俯瞰着尘世苍凉的人群。我们来，就是仰望你的，就是要在你面前显示我们的渺小和卑微。我们吸取你暗中传递的能量，穿越崇山峻岭的羁绊，获得玉洁冰清的洗濯，在稀薄的空气里，在你不太亲切的召唤中，体会远方和高度的意义，获得圣者的智慧。生命在这里呈现出来的状态是那样直接，生或者死，高大或者卑琐。我不是为了信仰，只是为了能够亲近到这样卓绝的大自然。这些奔腾的气象，迈向苍穹的雪山，远离尘世的圣者，远方的香巴拉之魂。穿行天地间，星月揽入怀，这是何等的快意人生！

最为神奇的是，在我匍匐磕拜，心里默念六字真言时，央迈勇山腰遮蔽的云雾突然消散，整个巨大庄严的雪山完全露出了她震撼人心的身影。文殊菩萨显灵了。雪山无瑕的白和天空一尘不染的蓝，让矗立在前方的菩萨更具神性。山是有灵的，一个人内心空旷和安静时，神会出现。山会与你对话交流。它会看着你，它看得到你，理解你。

我们走向卓玛拉措的山路。我们已经适应这高原的海拔。我们向更高的地方行走。一路的松鼠直往人身上蹦，漂亮的高山喜鹊也不避人。在这里，人们是不杀生的，这些可爱的动物知道人们的慈悲。在邦普寺，我们也看到大量的松鼠和藏雪鸡，在寺里大摇大摆，觅食欢歌。

不到一个小时，卓玛拉措的倩影就出现了。我们来到了仙乃日雪山脚下，我们看到了雪山的全貌。看到她映在卓玛拉措梦幻的影子。我们的眼前，有坚硬的黑石山体，雪松、杜鹃、铁杉和冰杉的森林围绕在翡翠一样的湖边，红色的树，白色的山，都被这一汪湖水搂拥着，湖水的清澈只因是融雪之水。

卓玛是藏语"度姆"的音译，是"仙女"的意思。也有说是珍珠的意思。在仙乃日山下的草甸上，那些早来者用石子摆满了祝福的文字和图案，堆满了玛尼堆。这是藏族人心中的圣湖。卓玛拉措，沿湖飘扬着密密麻麻的经幡，转山转湖的藏族人，摇着手上的转经筒，默默地低头祷告。

这里一定是地球上最美的地方，这里一定是传说中香巴拉的国土，人间的仙境。我的那些同伴，我们不能说狼狈而归，虽然"高反"和晕车，但生命完好如初地回家。我们的心中装满了风雪和流水的响声，装满了神山和圣湖的身影。我们精神的空白和虚无处终于为它们所占领过。我们遭遇过那样的早晨，神迹犹现，我们曾在他人所不能及的地方痛哭和忍受，欢呼和歌吟，这难道不是满载而归吗？我听见在归途的汽车上，在遥远的高原上，你们用坚强的歌声轮番深情地唱着仓央嘉措的《那一世》：

"……那一瞬，我飞升成仙，不为长生，只为佑你平安喜乐；那一刻我升起了风马，不为祈福，只为守候你到来；那一日，垒起玛尼堆，不为修德，只为投下心湖石子；那一夜，我听了一宿梵唱，不为参悟，只为寻你的气息；那一天，闭目在经殿香雾中，蓦然听见，你颂经中的真言；那一月，我摇动所有经筒，不为超度，只为触摸你指尖；那一年，磕长头匍匐在山路，不为觐见，只为贴着你的温暖；那一世，转山转水转佛塔，不为修来世，只为途中相见……"

竹 之 刻

竹刻在楚国出土的竹简上有。我曾写过诗，说竹简为竹中之竹，刻下的是黄金之语，刀下的每一声呻吟就是一段历史。但留青的刻法是在来常州时第一次听说，且知道它在唐代就已出现，在宋代有了明确记载，到明代，竹刻盛行，但不是常州最盛，嘉定和金陵才是竹刻中心。风水轮流转，这些年常州留青竹刻有了名气，潘向黎在南京说，你到了常州，就写留青竹刻。好！查资料，有这四位是大家：白士风、徐素白、徐秉方、范遥青。前两位去世了，后两位因时间紧未见着。但这也不怕，常州有两派留青竹刻人，分白派与徐派。徐门写意，白门写实。白门留青，徐门浅雕。其实我看到的作品，徐派也有写实和留青之作。白派也有写意之作，互相渗透发展。白派奉白士风为祖师，徐派祖师为徐素白，他们的传人众多。这两个人年龄相差十多岁，但在20世纪

70年代先后去世。后人赶上了好时代，人们手上有了闲钱，也不愁温饱，艺术品的需求量大了，只要与艺术和收藏沾上边，什么都看涨，留青竹刻这么好的东西自然被人们追捧，争相收藏，于是留青竹刻再次辉煌。

江南胜地，衣食富庶，人文气息弥漫，才有了把玩艺术的趣味。各种工匠出现，各种工艺出现，玩家如过江之鲫。对司空见惯的廉价竹子也要雕刻出惊天之作来，这不得不说是江南奇迹。在我的家乡湖北，也是竹子遍地的，但人们只会将其编织成生活用品，或者在竹子的童年——竹笋时就把它煮吃了，而无雕刻的闲情逸致与雅赏乐趣。看来，艺术是要有经济作为基础的。

还是得先说说什么叫留青竹刻。通俗一点说，不是我们惯常想象的在一个做笔筒的竹筒上雕刻点什么山水花鸟，这太简单，称为阴刻，留青竹刻在于留青，即将皮铲掉，将青皮图案留下，也就是阳刻。这个难度是谁第一人挑战试验的？简直是一种不要命的工艺。竹子皮非常难雕，我在年轻时刻过印章，木头石头都刻过，木头下刀柔和，极好掌握；石头更加好刻，雕刀下去，声音爽脆，而且面积不大，还是平面。留青竹刻是在弧形的竹片上，竹皮太硬，稍有不慎，几个月刻的东西会毁于一旦。比如线条，细如发丝，在一块竹子上留下这根线，像柳丝、丝瓜须等，是如何有这等本事？这一刀偏一点，铲断了，你的作品也就前功尽弃了。这是何等可怕的艺术，艺术如果这样让人胆战心惊，如履薄冰，那不是太恐怖无趣么？艺术在创作时是要享受的，可有人偏偏认为这是一种享受，譬如常州艺人。

留青竹刻的制作过程繁琐复杂，一个竹片，包括采竹、煮青、雕刻三个步骤。采竹要在最冷的春节前后，采三至五年的毛竹。煮青，要将竹片放在柴锅里煮开，去除竹子里的糖分，杀死寄生虫和虫卵，再晾晒几月。雕刻分画稿、切边、铲底、分筠、平地……复杂得我都不想记下了，这真是一件劳神费力的工艺，谁想干留青竹刻，得要下比出家更坚定的决心。所以，真正能够从事这门艺术的，寥寥无几。但铲去图案以外的竹青后，露出竹青下面的竹肌。这种留青后雕刻的器物精巧异常，是典型的江南艺术，而且竹器外表色泽莹润，通过经常把玩摩挲，竹肌光滑如脂，温润如玉，色泽深沉发红，近似琥珀，同时图案部分不会磨损，反而更加清晰突出。

在常州的第一顿饭就有竹笋，竹笋大而嫩，心想这多可惜，要是让其长大，雕成花鸟鱼虫，山水自然，不就价值连城了么？

见到的白派传人是白士风的女儿白雪飞和侄子于常青，介绍说还有白坚仁、邵风丰等。白雪飞刻有《牡丹小鸟》，得过国家级金奖——她的父亲也刻过这个题材。于常青刻有《百寿图》，邵风丰先生刻有《秋蟋》等珍品。我们参观了白派的私人艺术馆，陈列有白士风三代人的留青竹刻作品。看着那些作品，我的意识一直纠缠在雕刻家们的刀功上，我在琢磨这些东西究竟是怎么刻出来的？刀要玩到什么地步才能将这些画面精美地、清晰地展现出来？写实虽是传统功夫，但有时候，写实更显功力更耗时间。我看白雪飞和邵风丰的雕刻，也有流畅奔涌，释放自己情绪的张扬感，有艺术家的独到悟性。

白士风先生有许多精品存世。最为轰动的是他刻的竹简《孙子兵法》，全套共13篇6128字，约9平方米，在竹刻史上绝对前无古人，或许后无来者。20世纪70年代被新加坡藏家以3万元从常州工艺美术研究所买走，几年后中国台湾藏家又以60万元收藏，在那个年代是天价，现在若拍卖，应该是千万以上的天价。我听到的白士风先生的故事是，当时的常州工艺美术厂，因为雕刻一件作品耗时耗力，常常发不出工资，就靠白士风先生在香港拍卖他的作品养活大家。

　　写意派徐派传人，徐素白两个儿子徐秉方、徐秉言及徐秉方的女儿徐文静、徐春静、徐秉言的儿子徐枫、女儿徐云，女婿沈华强等，都是名声响亮的大家。

　　我们去武进区拜访徐派二代中的徐秉言。徐秉言先生家的门上一副对联：一心雕就清奇韵，十指拓宽锦绣程。74岁的徐先生拿出他包装好的大件红木作品《苏东坡饮乐图》给我们观赏，是红木浅刻，浅刻正是徐派的特点。徐先生的父亲徐素白在上海以浅刻著名。徐先生还有一幅未到客户手中的红木浅刻《龙马图》，都是常州画家莫静坡画，他雕刻。他说由留青竹刻到红木浅刻，是程十发先生给他的建议，艺术总要探索新的领域。他拿出他父亲留下的一个竹笔筒，却是留青刻法，花与花苞，几层雕刻，毛茸茸的小鸡，栩栩如生，确实与我见过的当代许多留青作品迥然不同，有古风雅趣。这个笔筒用布袋装着，要小心翼翼地打开，要戴上白手套，得慢慢观赏。这可是价值连城，是徐家的传家宝，也是留青竹刻的罕见珍品。

　　徐派的特点，就是雕出中国画效果，有书卷气，以竹皮当墨，跟着墨一样，以刀法显示墨色的浓淡枯湿。

简洁、浑然、写意。徐秉言这一幅《苏东坡饮乐图》，他刻了20多天。徐秉言说，要刻出透明感来。我在他刻的作品中，看到了水杯中养的花，跟真盛着水一样，他说，他刻出的蝉羽有四层，是透明的，这是他的功夫。他的作品在大英博物馆有收藏。我问他，你现在还能刻留青作品吗？他说当然，他视力好，不要放大镜。他之所以视力好，是每天转眼睛250次。坐公交车，或没事时就转，白内障都可转好。

他的工作室的台桌上，几十把雕刀，这就是江南工匠、江南艺人的工具，看起来就是雕虫小技。但它成为了艺术绝技。一件作品往往要几个月，将一块值价一元钱的竹板雕成一件几万几十万元的艺术品，这真是化腐朽为神奇的一个漫长过程。我还是无法相信，一根兰草，一根柳丝，能在竹片上将它留下来，内心的安静肯定比高僧入定还要难，要进入到一个相当无我、无他、无扰的境界，徐先生说这种修炼是几十年的。白的弟子和徐的弟子都是几十年的雕功。我摸了摸徐秉言先生的右手，靠近雕刀的手指间全是老茧，这跟我右手拿笔的地方全是老茧一样，也是几十年磨出的，甚至变形。为了一件工作，一门技艺，必须一辈子苦练和坚持。

他的一些竹片都是放了二十年以上的，他说他有些竹片要专门放到新疆去半年，这样竹片的性能才稳定，不会开裂。他拿出有些年头的他的作品让我们玩，说好的留青竹刻要时常放在手里摩挲，让其有陈年古味，就是包浆。我说，您留下的那么细小的一条线，长期摩挲不就消失了吗？就是石头也会棱角磨圆。他说不会的，竹子皮十分坚硬，故雕刻时要有力，比雕刻石头还坚硬，所以刻竹手上功夫要好，要有力量，一刀下去要稳准狠。我试着雕了几刀，根本铲不动，手上一滑，就不知道滑哪里去了。

徐派到如今徐秉方、徐秉言大师，以阴刻为多。如徐秉言先生追求的大写意，我看他的竹刻，是真正的艺术创造，有大开大合的艺术境界，有奔放的激情和开阔的气象。他的龙马图之类，已经没有了刀刻的痕迹，简直就是用笔写意，这种技法，已经达到了羚羊挂角，无迹可寻的地步，有巧夺天工的造化之感。他的《双龙图》有留白，有浓淡干湿，淡墨染色，有在宣纸上作画的渗化和干擦的特点，有焦墨皴染之韵，不求形似，只求神似，其刀法粗犷、遒劲而又细腻，整幅以气势取胜。70多岁的人激情充沛，有童真之趣，充满了充盈的活力和创造的喜乐。我喜欢他具有创意性的刀法，他的精神感染着他的画面与匠心。

他给我说到画与刻的区别，实在是彻悟之言，他说：由于画与刻使用的工具截然不同，笔是软的，一笔下去就能产生浓淡干湿的墨迹效果，而刀是硬的，一刀下去只能留下一种特定的刀痕。笔可以用中锋、侧锋、顺笔、逆笔，从而产生不同的墨色效果，而刀则必须综合使用如单面斜锋、单面平锋、双面平锋、双面槽口锋等不同刀锋，通过切、削、铲、推、拉等刀法，才能表现好画面中点、线、面的组合。画家的一笔，刻家往往要数刀甚至百十刀才能完成。画是用笔做加法，刻是用刀做减法，刀笔统一相融，是一辈子探索不完的艺术世界。

红木浅刻大写意，有几十种刀法。要表现出中国画的丰富层次和韵味，要表达出作者的内心世界，在精雕细刻中有急风暴雨的写意和快意，将一个瞬间分解成无数个漫长的时间，再叠加呈现成一个瞬间的笔锋。要达到酣畅淋漓的效果，要爽辣干脆，这将是一个多么折磨人的过程，是一个难度系数奇高的活计。徐秉言和他儿子徐枫的一些作品就是这样。像徐枫的《胸中云山》刻画的是一个云雾混沌、风雨欲来的苍茫景象，没有了传统的刀法和表现，不再清晰优雅，是一种动感十足的表达。

说起来，江南艺人的工匠精神令人敬佩，雕一件作品几个月甚至一年是常事，这种宁静的、在创作中等待、在等待中创作的内心，在作家中已经不多，都是短线操作，没有多少想到的是先把活做好。浮躁，匆忙，潦草，潜心做一件事的人似乎很稀罕了。

参观常州工艺美术研究所时，一个叫夏嘉钰的女孩在那儿刻一幅《渔舟夜归图》，这幅画已刻了几天，要刻完得六七天。但我看到她旁边有几幅裱好的工笔画，画的是枯荷寒鸭和春雪鸬鹚，字也写得好，什么"积雪暮寒三月余，江水江南终有春"。我惊叹这女孩画这么好的工笔，却花一周刻那么点竹片，一片听说也就卖六七百块钱，莫非这么好的工笔画不能卖五千一万的？他们是怎么想的？为什么偏爱那一块竹片，一把雕刀？

江南工匠，是一个天大的谜。

人生三千事，淡然一笑间

不困于情，不憾于心。
无悔于生命，充实于生活。
平和于心态，守一份心净。
给自己一份淡然。

生存经验

那儿全是新鲜的死亡故事。

在城市里,一个人被车撞死了,一个人病死了,一个人老死了,一个人脑血管意外而口眼歪斜。这没有啥稀奇的,见怪不怪。

而在神农架呢?

一个人绊上了垫枪,死了;一个人耕地时,摔下悬崖死了——因为地全挂在悬崖上面,称为挂坡地;一个人上老林里打猎,被熊抓死了;一个人采药,没有回来,神秘地失踪了;一个人夏天去山上伐木,遇冰雹,冻死了;一个人吃了毒蘑菇,死了。

在城里我们听到的生存故事是:

你怎样识别假钞和假货,你怎样防止上当受骗,怎样搞好与上司的关系,怎样去"撮"钱。

而神农架的生存经验是:

你应该穿什么鞋走山路，你在山里怎样识别路线不至迷路，你怎样过一条河，而不被山洪卷走，怎样找蛇药赶紧治毒蛇咬伤，怎样止血，怎样接骨，怎样防止野兽的袭击和狗的进攻，怎样行远路。

他们的生存经验和死亡方式是如此的新鲜和惊心动魄，是否他们的生命注定了在死亡后也是默默无闻的？这些石头一样的生命，就像一只蕈，太阳一晒，它们就萎化了，消灭了。不，那是些美丽的生灵，一个扛着犁的农人，一只被赶得走投无路的豹子。我将怀着对生命扼杀的义愤，一种对山的崇敬来歌唱它们：死亡和生存的艰难，歌颂那遥远边地的混乱、神秘、贫困、乡里乡气的冲动、神奇、宽大无边、厚重、在被榨干后的沉默；女人的沉默，男人的气度。

生命的尊严不是岁月和历史可以任意践踏的。

我甩脱了城市生活的不良笼罩，走向了熠熠闪光的远山。

打人的忏悔

我这文弱之人哪还敢打人，我这里说的是打家里人。

我这辈子感到忏悔的是两次打人，一次是打我儿子，一次是打我弟弟。打我儿子是在搬到了武汉，全家挤在一间十四平方米的房子里，简直焦头烂额，儿子刚来武汉读书，讲一口乡下话，没有朋友，放学后就挤进游戏机室看人打游戏。有一天让人将书包里的笔盒、口袋里的五十多块钱的小游戏机给偷跑了，回来说："我说不出口。"知道后我怒火冲天，本来就很焦躁，于是脱了他的裤子，用衣架狠抽他的屁股，下手之狠前所未有，结果儿子的屁股肿了老高，全是血藤。

打我弟弟则是三十年前的事了。那时候我们全家下放农村，但住在镇上，生活可谓异常艰难。我父亲一次给了两块钱让我七八岁的弟弟去买东西，哪知他玩性大，与一小孩去河边候船室玩，结果两块钱玩没了。两块钱在三十多年前,对于我们那个家庭来说,可能是十天半月的生活费,这简直是一场灾难,立即去找,弟弟说是候船室那个玩伴叫强儿的拿了,那叫强儿的小孩又不承认,与弟弟回来时,走到肖文轩的巷子里,我在逼着弟弟交出交不出的钱来之后,就动起了拳脚,狠狠地抽他,踢他,踢得他在巷子里滚来滚去,大哭大叫。我至今还记得他可怜无助的样子。这是我平生第一次发这么大的怒并向亲人施暴。

对这两次的施暴和施暴时的不顾一切,想置对方于死地而后快的残暴心理,我多年来每想至此,就心疼不已,愧疚万分。我弟弟怕记不起这次挨打了,我远在日本的儿子也可能早忘记了我的那场"法西斯专政"。但借这篇文章,我要向他们深深地致歉。艰难的、不顺的日子,很容易把气发泄到别人身上,别人成了你的出气筒,这是很要不得的。在此,我要向世人呼吁,克制自己吧,不要向亲人、外人、任何人展示你的拳脚,不要虐待任何人,解一时之气,可能要愧悔一辈子。

我父亲跟我一样,也很少动手打人的,在我的记忆中,从来没打过我们,心地十分善良。可有一次,我看他下手之狠,也不在我之下。那是在我妹妹还小时,不知怎么，就学起了我父亲的口吃，我父亲的口吃非常厉害，人也很自卑，我妹妹的举动让我父亲恼羞成怒，当即就操起我的一支笛子，朝我妹妹头上狠狠打去，那么粗的竹笛顿时四分五裂。我记得我妹妹当时眼睛就直了，好半天木头一样愣坐在那里，连哭也不会了。

上天保佑，这一次没把我妹妹打成脑震荡，头上没开花，是一种奇迹。按常理讲，一根竹笛在一个小孩头上打裂，连包都没起一个，也没留下什么头疼的后遗症，真令人不可思议。不过，对我妹妹来说，这是一次惨痛的教训，它告诉我们，不要在任何时候，嘲笑任何人的生理缺陷。

我只被我的母亲打过一次。我小时候喜欢玩水，而我母亲给我算过命，说我十八岁前犯水煞，是不能玩水的。我的同学玩水丧命的事，几乎每年都有。我是儿子，看得娇一些，管得也严一些。但对水的喜好，使我根本听不进去父母的告诫，依然天天玩水。结果在四年级的时候，沉入水底，是一个叫肖万岗的同学把我从水下捞起来救活的。有一次，我去玩水后，天黑前才回来，母亲气不过，把我一顿打，我记得是从竹笤帚上抽出的一根竹苗子，那东西打起人来，比皮鞭还痛，上面疙疙瘩瘩的，专打我那一到夏天就烂乎乎的腿子，打得我疼痛难忍，于是就跑了。我躲在杨五姐姐家的菜园篱笆旁，一个劲地流泪，听到母亲喊我的声音，就是不理。晚上蚊虫又多，头上是满天繁星，身边不远是游荡的、鬼鬼祟祟的鬼火，心中满是伤心和伤感的情绪。待了一会儿，还是因为害怕，半夜时分不用人找，自己回家了。

这些记忆是我无法忘怀也无法释怀的。说起来，这也算是一种家庭暴力吧。但愿它永不再发生，人们充满友善，家庭和和睦睦，有什么不快也要克制自己，不要再留下那永远黯淡的痛心的回忆。

感谢别离

我的许多朋友的家不在省城，他们过着远离故土和父母的生活。我发现，这些人大多感情深沉，充满责任感，写出的文字多有歌颂故乡和亲人的，字里行间流露出诚挚、眷恋。一提起家乡和亲人来就滔滔不绝，喜形于色，从不以自己生在哪个穷山沟为耻，除了骄傲还是骄傲。这与长久的别离有关。是别离使他们成为了偏爱故乡的人，有情有义的人，是别离使他们滋生出了一种强烈报答亲人的渴望。

我十八岁就离开了父母，离开了老家。二十余年来，那种与父母和故乡的距离使我获得了不少东西。25岁时，我准备成家，但没存一分钱，做家具买木料的钱，是我做裁缝的父亲送来的。他那时在小镇与县城之间的一户人家做衣，做一天可得五元钱。得知我在筹办婚事，他步行了十几里地，给我送来了两百块钱。把钱给我后，他没坐一下，也没喝一口水，就又走回去做衣了。望着父亲远去的背影，我的心中涌起一阵感激，也泛起一股酸楚。这种酸楚时常折磨着我。但是，现在回想起来，正是因为常年别离父亲，才使我品尝到了做父辈的不易。这种别离所赐给我的一切，虽只是一次步行，来去匆匆，但因为某种距离，使我觉得这一辈子也报答不完父母之恩了。

二十九岁的时候，我来到省城读书，这样的年纪更充满牵挂。每当返校的时候，三岁的儿子就赶我的路。有一次，他竟然无论怎么恫吓和打骂都不走，一直跟着我去了汽车站，眼睛哭得像桃子，非要跟我到武汉来。车要开了，我硬是狠狠地将他打跑了。上车的时候，我的心里很不是滋味。因为这样的别离，使我品尝到了一种儿子对父亲的依恋，每当想到仅仅三岁的儿子一个人在街头哭泣着往家走的情景，我的心里就会涌出一股有愧于他和家人的内疚，眼睛潮湿。也会产生一股后怕，如当年人贩子抱走了，此生我将怎么过？为了生计和事业而远走，我无奈也无愧，但是牵肠挂肚的却是亲情。

尽孝又尽责，我以为并不全是天生的。在生活的路途上，因为各种各样的距离，才使我们看清了人伦、亲情真正的伟大和厚重之处。我算个有名的孝子，这些年总要把我的母亲、妻子的母亲接到武汉来住个一年半载，给她们置备一年四季的衣裳。给她们一人一台彩电，一台空调，给她们做楼房。虽然我的经济不宽裕，既没当官又没经商，但因为在省城，见得多了，认为别人母亲能享受的，我的母亲也应该享受。这几年，还经常带她们出去旅游，到北京，到庐山，到武汉周边。我还准备带她们去一趟港澳。虽是平民母亲，也应死而无憾。

我们应当感谢别离，这是一种最复杂最可咀嚼的味道。千千万万抛家离土的人们，在夜深人静时品尝的就是这种味道。我敢说，百分之九十九的人品尝出的不是恨，而是爱；初尝时是苦的，品久了，变成了甜蜜。因为别离，我们酿造出了世间最宝贵的东西，把它贮满心间，它能滋养社会，滋养我们一代又一代人。没有别离，又何来梦，何来乡愁，何来千千万万的诗与文章？

论 本 性

本性是什么?

纯真是本性,兽行也是本性。嘶吼是本性,沉默也是本性。正像我们说一个恶人的行为,称他是本性难改;而说一个善者的品德,也誉为人之根本,真性流露。佛家说的是轮回,前世做了什么,今生便得到什么,作孽必得厄运,行善必成吉人。基督教说的是原罪,人生来就是有罪的,人要用一生的言行来赎罪,以便得到上帝的宽恕。如果按中国人的看法则是"人之初,性本善"。

照我看来,本性是一种积极介入生活的态度,本性是那些德行很高的人根据他们心中的憧憬设计出来的一个模子,一个企图使社会和人性完善的乌托邦。难道我们说一只雏虎很可爱,就能说它本性温驯了吗?而一个杀人不眨眼的魔王,当他假模假样地忏悔时,你能说他有了一丝本性的复归吗?

本性必须依托于某种宗教，某种生活的哲学和在这个社会、这个时代的际遇。与其说本性是被唤醒的，毋宁说本性是因为某种遭际后我们的最终抉择，或者是一种姿态，一种显示，一种抗议，一种为自己的命运所作出的恰到好处也是无可奈何的安排。

没有本性的杀人狂和本性的遁世者，没有如水的清澈也没有天生的壮怀激烈。啸傲山林的人同时也可以成为贪官污吏，仗义执言者也可以是心怀鬼胎之人。放下屠刀立地成佛是最大的本性。

当你需要解释什么是本性时，本性就是什么。

论 崇 高

郎加纳斯说:"崇高是伟大心灵的回声。"

在卑下中仰视崇高的事物:艺术和德行,是让自己挺立起来。在追求崇高的品格中,使语言充满了魅力——硬朗,坚韧,即使在恫吓和反叛中也不产生战栗。优美的辞藻就是一种诉说,倾心的,坦露灵魂的冷隽色调,不左顾右盼。

追求崇高的笔是从一个人的遭遇开始的,独特的生存方式会产生崇高。同样,独特的写作态度也可能产生崇高。

崇高是视死如归的一种表情。当然,不仅仅是一种表情,它还是一种献身。由千万的作品中他未能读出那崇高的力量,倾泻,像倾泻暴雨时我们听到的那种扰人的声响,持续不断的力量,迷蒙的美感,不依不饶的气势,于是他踏着嶙峋向空气稀薄的地方隐去。

历史就是崇高。小人物写出的历史尤其崇高。厄运的内涵，沉默的行止，枭首鹄面中的善良愿望，最朴素的活命哲学……因为我们无法置身其间，我们俯视他们即是仰视，我们同情即是歌颂；是我们所歌唱的最高亢的一部分，悲怆感人。历史在敲打着犁铧的钟，在时间的田垅里趔趄着，在低矮的灯火里期待着，为了咬出"活下去"这三个字，他们变得高大起来。他们的影子在土墙上如碑石一样，像岁月深处的怪兽，凶猛而固执。

崇高就是活下去的勇气。

崇高就是最起码的善良和正义感。

崇高是伟大作品的基石。

论 往 事

往事历历。

往事是形而上的一种形态，是精神活动。往事从物质变为了精神，这是一个神奇的转换。哪怕是证实往事的一些物件，一些小小的纪念品，其属性也是精神范畴的，它清晰地摆放在那里，又恍恍惚惚在我们心上一阵雨，一阵雾，一阵阳光地闪现；它是精神的触发点，是开关。而我们用语言进行的回忆，似乎是要上溯我们坚守的某一种德行，而不是苦难的生活。土墙、掩体、披星戴月的日子，都不过是这种德行在黑夜里闪出的一个亮点，一个光斑，记忆把它捕捉了。这往事"是一个伟大回忆的部分"（叶芝）。

往事进入幻觉中，就有可能变成我们崇拜的一种东西。它的亲切感也有如人神的相悦。神的所有的履历都是往事，因此往事具有神性。是神给我们孤寂的人类存放于大脑里的一座灯塔,在现实的风狂雨猛之夜,温馨地挺立在遥远的岸上,指引着我们颠簸、迷失的灵魂之船。

往事是历史,历史就是宽容。因为神为人的所作所为都赎了罪,就像尿毒症患者透析过一遍一样——神清洁了我们的血液,使之碧波澹澹,在往事的大海里充满了神灵的宁静,花雨纷飞。

往事是减缓死亡脚步的缆绳。因为回忆,我们年迈的脚从死亡的深渊里拔了出来;回忆充满着神奇的力量,它用往事的火气抵御死亡的阴冷。往事是多么有力啊,它在喝退地狱的苍苔,红日朗朗,慷慨悲壮,姣丽动人,这就是往事。

往事是另一种祈祷的语言,它在给神说(提醒神):"看哪,神,我们的每一步都踏着你的脚印。"

家的召唤

我在中篇小说《大寒立碑》中写过这么一段话:"父亲,还记得那个故居吗?不管夜多深,天多黑,你都会辨认得出来,是吗?有什么在你的前面引导着你向它走去?是温暖、亲情,还是咬着牙根咀嚼的岁月记忆?走啊,走啊,太累太累的时候,我们就要向故居走去——那是自己的家。"

家有时候指故居,有时候指家庭,但对大多数人来说,两者都是同一个概念。君不见,春节的时候,车站、码头总会汇聚、拥挤着风尘仆仆渴望回家的人,这种景象可能是中国最具特色的风景。家的召唤,是对那些出门在外的游子而言的,而这种召唤又是无声的,它包含有家族的认同与血脉的回归。游子梦绕魂牵的是祖先的神龛、家谱、童年的回忆;即使故居什么亲人都没有了,也还有一块断砖、一道墙基、一座可以跪拜的先人的坟墓、一段失却的忧伤——这何尝不是一种淳朴而又美好的感情？

还有另一种家，另一种家的召唤，这就是我们每个人的小家。出门在外，当官也好，做工也好，都不过是灰尘蒙面的谋生者，在生之旅途上，我们行色匆匆，生活中满是与他人的隔膜、信口胡诌的假话，甚至还有无休无止的屈辱，但只要有片刻的安宁，那种对家的渴念和家的无声的召唤就会从灵魂深处涌出，如一股风，如一抹泉，抚慰着焦虑不安的身心。连最不喜欢家的人，包括那些愤然走出"围城"的离异者，内心还是想重建一个温馨的家，虽然往往事与愿违。

热爱家的人是安分守己、知足常乐的人。这种人没有多少奢求，不对幸福、欢乐作一些钻牛角尖的解释，宁愿活得糊涂一点。对于一个男人来说，家可能就是一杯酒，一只能搁脚的茶几，或者一本消闲读物。他对妻子的要求不是美貌、温柔和事业，而是勤快、贤惠，少发号施令；对一个女人来说，家可能是一个听话的孩子，一间整洁的居室，一个可以收看电视剧的静谧的午夜。她对丈夫的要求不是高官厚禄，不是大红大紫，而只是懂得体贴，少在外面与女人说笑。当然，在对家的最简单的要求出现附加物之后,家的磁力减弱了,但对大多数谋生者来说,家的召唤只会愈来愈强烈。吵过,骂过,那都不算什么,有时候会认为这些是必不可少的。一想起家,最硬的汉子心肠也会软下来,变态的杀人狂也会变得驯服。一到夜晚,街上就行人稀少了,都得向家走去,连深夜的醉鬼,也会晃晃悠悠回家去,即使醉卧街头,他扑倒的方向依然还是家的方向。

这没有什么可奇怪的。看看那些禽兽,一样听从于窝巢的召唤。自己垒的泥巢,自己打出的土洞,意味着一个梦,意味着高枕无忧的栖息,意味着安宁和温暖。燕子归来寻旧巢,当它旅行了四季花红的南国,当它看见了最新奇的世界,最眷恋的还是那只黯淡、剥落的老窝。

向家里走去,其实就是向自己付出的感情走去,向最珍贵无言的东西走去,向无悔的人生走去。家的召唤实际上就是另一个自己在向你召唤。当你与他合二为一时,你才找到了一个完整的自己,一个不虚妄、不浮躁,心地善良、认真负责的自己。

从船工到学生

我在来武大之前，曾借调到文化馆，但工作关系还在水运公司，集体所有制职工。因无法转干，调入文化馆也就异常艰难。我还曾两次高考，第一次，因把高考作文当作小说写，作文分数奇低，也可能碰见了一个"不识货"的阅卷老师；第二次，时隔两年后想再考时，却被派到水上"跟船"，住在后舱，机声隆隆，休息不好，又没有时间复习，考了两门就放弃了。心想这辈子与大学就绝缘了，死了心结婚生子，过一种县城生活，也没啥奢望了。

哪知1985年参加省作协会议，竟发现许多人在啃复习书，一问，才知是武大刘道玉校长要搞一项改革，招收插班生，把因各种原因阻隔在大学校门外的社会青年人才招揽到他的麾下，让这些人能够有机会深造并改变命运。

确实，当年的大学生非今日之大学生，在社会上还是颇受尊重的，武大的学生更是吃香。当年读书不交学费，还可拿些菜金补贴。更要命的是，一旦考入大学，就等于有了"铁饭碗"，并且自然而然成为了"国家干部"，一切在社会上遭受的不公便迎刃而解了。这种好事，我又一次差点错过，如果我不是到武汉来开会的话。于是，在报名截止的那天，诗友王家新陪我去找他的同学於可训，报上了名。后来录取了。录取后於老师通知我又找不到我，我那时到鄂西放木排去了。好事多磨，终于在入学前收到了通知。就这样，我在29岁那年做梦一样地、没有任何心理准备地走进了世界上最美的大学——武汉大学。刘道玉校长开全国先河的改革，改变了我们这些"社会闲杂人员"的命运。

因为没有心理准备，不良习惯多，进校后还是吊儿郎当，跟当年驾船一样，除了冬天外，一年三个季节趿一双拖鞋，头发蓄得老长且不愿洗理，看起来就像个游手好闲的无业青年，街头混混，甚至是流窜犯。没有一点那种名牌大学学生的派头，而且还穿着廉价的、化纤的奇装异服，肯定是一副十分恶心的样子。就这么一个让人不齿的滥人，就因为写了几首别人看不懂自己也不懂的诗，就被称作"人才"混入武大，实在是有些牵强。当然，自尊心还是有的，武大毕竟是百年名校，有一股改造人的潜在力量，言行举止虽不合格，思想也不健康，但大小作家班的小说家受到本科生的狂热追捧，写过小说有些名气的人，在学校人五人六，趾高气扬，这就刺激了我，影响了我，我也就在那时弃诗开始写小说。本来我内心对小说是不屑的，认为小说家除了会编故事外，都是些人模狗样、无德无才的家伙，没什么真本事，不如诗人纯粹。但人家写小说不仅名气大，"粉丝"多，还因为稿费丰厚而经常下馆子吃小炒喝"小茅香"。于是歪打正着，也写了一些小说，也就开始了小说家的漫长生涯，一直到如今，一直到成为作协的专业作家，一直到拿了鲁迅文学奖等国内数种重要大奖。这样说来，武大和刘道玉校长不仅改变了我的人生命运，也改变了我的写作命运。事实很清楚：如果我不来武大读书，继续写那些诘屈聱牙的诗歌的话，自命不凡的状态在县城那种卑下庸常的环境中，绝对保持不了几年就会土崩瓦解，与诗，与文学拜拜了，成为一个文化馆默默无闻的小馆员或者干脆还是在船上驾船，一直到成为真正的老船工。

命运的确是不可捉摸的，当人们一再地讲宿命时，当我们心如死灰，即将人到中年时，命运却被一个远在武汉的大学校长戏剧般地改变了。

这些年，我一再当众强调自己是水货武大生，但武大并不这么看我们，还是把我们当作自家人。比如编的武大的作品集中，收入我的小说；比如"樱花诗会"让我去当评委，校报副刊颁奖让我去当嘉宾；还两次让我登上武大讲台，在几百人的会场上去给学生们开讲座。更令人感动的是，文学院的博士、硕士都有研究我的毕业论文。研究这么一个冒牌货学长，谈不上什么成就的老校友，让我汗颜，当然，有些窃喜也是难免的，人性的弱点嘛。

在这篇小文即将结束之前，我愿借此文，向老校长刘道玉先生道一声真诚的感谢。真的，你改变了我们的命运，让我们的下半生变得开阔和美好起来，人生的境界也因为两年武大的熏陶高远了许多。虽然，我早就不再怀念那样的"学生"生活，但写到这里时，眼睛还是不由自主地潮湿了。

刘校长，保重！

舞　　台

世界大舞台，舞台小世界。

"顶冠束带俨然君臣父子，停锣住鼓谁是儿女夫妻？"这一副旧时舞台上的楹联，是否告诉我们，所有演出的故事都是假的？

不，对于舞台来说，真实的世界并没有远去，它只是浓缩了；舞台上的布景，的确是一种假设的虚拟。假设这一对恋人或者一对仇人在这儿偶然碰见。那么故事呢，假设他们因太久的分离而在此互诉衷肠；假设他们因往日的宿怨在此拔剑相向，分外眼红，剩下来的将会是什么呢？人心中的深仇大恨，苦恋爱歌，则全是真实的了，任何一点虚假都将使观众去耻笑，耻笑无能的编剧、导演和演员。

一切都要像真正发生的一样，在舞台上，感情是现实的，人物的命运是现实的，而打，而杀，而爱，而睡觉,而吃饭喝酒,全都是假的——是艺术的虚拟。

舞台的灯光将把人间的一切都照射得透明,使你无处躲藏。在夜晚,这里却发生着白天的故事;在今天,却发生着古代的故事。小小舞台,铺着的地毯是绝对平面的,却使一个国家,一个民族,一个人,经历着可怕的坎坷,风云气短,儿女情长,当你在下面偷偷拭泪的时候,你无论怎样也不相信这是假的。虽然在他的蟒袍玉带里面,穿着印有"KISS ME"标记的T恤,可你偏要说:他就是那个玩弄权术的皇帝,他就是那个铁面无私的包拯。

环境会制造出使我们身临其境的感觉,对于舞台来说,没有环境也可以创造出这种感觉。而演员,就是操纵时空的圣手。他用唱腔,用眼神,用动作,把你带向古今中外,四面八方。

舞台屹立在那里,勾引你的视线,是因为每个人都想以局外人或旁观者的身份,去审视这世界上曾发生的一切。"看戏不怕台高",这句俗话就是讲的此种心理。

然而舞台并不是欢迎所有的人,它无声地进行着严格的挑选,许多不适宜走上舞台的人,就是我们常说的观众,舞台上总是出现一些稀奇古怪的事,它只能让稀奇古怪的人来表演：会玩刀弄拳的、会奸诈的、气量狭小的、先当乞丐后当状元驸马的、能上天入地的、丑态百出的、痴情无报的、负心杀人的等等。所以，舞台乐于接受生活中的奇人奇事，而真正的杀人犯、神经病、花柳病患者，舞台为什么又排斥他们呢？这就是舞台的妙处，舞台昭示给人们的是：真真假假是世界，假假真真为舞台。

在舞台上杀人的人，也许在生活中不敢杀鸡；在舞台上妙语连珠的人，也许在生活中笨口木讷。舞台上的少男少女，也许是现实中的老大姐和须眉男儿；舞台上的小丑，也许是现实中的先进工作者、共产党员。但是反过来，一个正气堂堂的舞台形象，极少是一个现实生活中的卑琐小人。假作真时真亦假，真作假时假亦真，此等玄机，诚如人生社会，大有看头，让一代代观众趋之若鹜，连绵不绝，亲睹为快。

舞台作为在茫茫尘世中存在的一种特殊现象，它决不会消亡，决不会退出历史的舞台。它使那些帝王将相、才子佳人死而复生，使所有沦入尘土和封存于史书中的人生悲欢、国家兴亡，都突然重现天日，让我们细细地玩味。你走入剧场，投目于舞台，你就会感叹，人间有何等斑斓！活着时荣华富贵，一呼百应，更有以泪洗面，终身戚戚；为爱而矢志不渝，为权而投机钻营，到头来都是一场空，一场梦。舞台是神谕、是警言、是历史的智者，它告诉你在世为人的道理。

舞台就是这样，有开场，也有落幕的时候，天下没有不散的宴席；你方唱罢我登场，来来去去，犹如匆匆人生，真可谓铁打的舞台流水的人！

舞台又是神圣庄严的。它让你尽情地表现，最后无情地将一切审判，在它的灯光的追踪下，再巨大的阴谋都会一钱不值，落为笑柄。舞台公正而无私。

历史几千年，舞台却重演激动人间的一瞬间。

说 过 年

一入冬，便想到过年。

过去说大人望种田，小伢望过年，其实并不是那么回事，大人也一样盼过年。特别是我等少小离家长年在外，一年就是春节回家一趟，焉能不盼过年!

中国民间的传统节日大都与鬼神有关。荆楚好巫。把春节说成是与祖先的对话，中秋是与神仙的对话，清明及七月半说成是与鬼魂的对话，因此，节日有一连串的祀祭活动，当然就热闹了。过年的"年"传说是一种凶猛的动物，人们为了驱赶和躲避它，进行各种巫风炽烈的祀祭仪式，于是发展为如今的春节。

公安县在楚地中心，又处湘鄂边地，过年古俗保存完好。那儿的人过年与城里人过年不同，有许多讲究。

老志书上记载过年："……以牲醴祀神，换桃符，写春帖，向晚祭墓，掰芦作栀子灯，插于先墓，野田荒冢，恍若灯市。爆竹之声。远近交应，通宵不寝，谓之守岁。元旦黎明，举家盛服祀先，择吉时开门，迎喜神，谓之出行。男女遂拜尊长，男人出拜族党，谓贺新年。"

印象中小时过年总是大雪纷飞，年味十足。虽然没有如今这么多好吃的、好喝的、好穿的、好玩的，一入腊月，过年的气氛就蠢蠢欲动了。杀猪声、竭泽而渔的欢快声无处不有；腊肉腊鱼晾满了檐前。再穷的人家，腊月间也要弄两刀不论好坏的腊货装点门面。

刮苔摊豆皮是一景。刮苔是将苔煮了弄成糊状刮晾到被单上，以备腊月二十七炒苔皮。摊豆皮，不是武汉人吃的豆皮，是放在冬阳下晒干，成豆皮丝，日后煮着吃。苔皮豆皮摊晒在门口禾场，作为家底殷实的一种显示，寻常老百姓乐此不疲。

到了腊月二十，小镇上的穷酸文墨人，就会摆出对联摊子，写着除旧迎新、春回大地、福满乾坤、人勤春早的吉利对联。有一种鸟形字对联，不用笔，用竹片蘸着各色广告颜料，每个字由数只彩鸟、蝶组成。这种鸟形字对联现在仍旧盛行，不仅公安和周边地区有，楚地大都风行，据说现在还有印刷体。

腊月二十四团小年（有的地方是腊月二十三），这一日，家家扫尘会饮，因过去家中烧柴，烟熏火燎，草屋顶上多吊"堂尘"，作为全年的大清扫，确有必要。

接下来就要准备几日后的团年饭了。家家小孩都被驱赶到虎渡河边的码头上，一桶桶的洗藕、洗苔、洗海带、洗猪蹄、整猪头。虽天冷，但小孩大聚会，河边热闹非凡，一双双小手冻得通红，想着年饭的饕餮口福，再冷也笑意融融。

除饭食的准备外还要家家做"酥食"，有黄豆酥、水晶糕、酥饺。当年商店所卖之物甚少，小户人家也买不起，便自己做。于是酥食师傅夜夜赶场，东家西家，成为腊月飞俏的人物。因为是一次下油锅，所以，必须在同一天炸苔皮、米叶子、肉丸、藕鸡腿子等等。

还有炒货。炒货甚丰，炒花生、炒苔皮、炒豌豆和米子（米泡），米子用糖稀浇，又成为米子糖。炒货炒好后将陶坛擦干、烘热以便贮藏。贮藏得好，几个月还嘎嘣脆，当地叫蛮焦，不嗝（焦脆的反义词）。炒东西在腊月二十七，曰"炒七不炒八"，炒了八，翻过年来天天"吵"。

糍粑也是过年的标志之一。杵糍粑用碓窝，蒸好的糯米数人相杵，杵得愈久愈细愈好吃。碓窝家家转，一天晚上要赶几个场子。有一年我家因未能借到人家碓窝，只得用自家水缸代替，一不小心，糍粑未杵成，水缸让我杵了个洞，破了一笔财。杵坏的水缸补好后做了米缸。

过年的"团年饭"，在我们那儿颇有讲究，即"吃十碗"。豆腐、鱼肉、珍珠三丸子，粉蒸肉、排骨及鸡、肠肚三扣，藕鸡腿子、苕丸藕丸、鱼块三炸，还有一个就是鱼糕，用三鲜浇帽。这些年已经达到二十多碗了，农村有八大、八小、八拼盘二十四盘的"腰汤席"。大罐煮鸡、大罐煮海带蹄花，往往一吃半个月。开席前在门口燃放鞭炮，然后关门，"叫"（祭）祖先及死去的亲人，同时在桌下烧纸，弄得满室烟雾，祭酒则倒于地下。接着才入席用餐。

当地的规矩，团年桌上的鱼不能动，谓之"年年有余"；不能喝汤，否则来年出门即遇雨。公安湖南人多，他们团年在腊月二十九半夜，不知是何原因。而且他们桌上的鱼是用木头雕的，此"鱼"数年不换。若有好收藏的去收购，一定琳琅满目。

也有团年吃不上肉鱼的人家。那个年月，团年吃一两碗菜的也不少见。穷人自有穷人的快活，说："也没见把我隔在年那边。"

团年过后最重要的事，是去祖先及死去亲人的坟上"上灯"，一般用墨水瓶自做，纸罩。晚上看去，坟场里一片荧荧灯火。春节的意义我看就在"上灯"之中，缅怀先祖，不忘亡者，地道的中国情怀。就冲这一点，春节这样的节日是永远也不会消亡的。

三十晚上全家围着火盆守岁，也有叫辞岁的。嗑些瓜子、花生，对劳动者来说，是难得的清闲。常言说："叫花子也有三天年。"小时候没有电灯电视，便有玩"花牌"和打铜钱。小孩子则是聚集到另一家宽畅好客的人家里"摸眼"（扑克）。子夜时分即鞭炮大作，叫着"出行"。此时，全家洗手焚香，先拜家神，再拜灶神，焚烧灶书，拜灶神以猪头敬之。出行后，新的一年到来了。

从正月初一开始，拜年讨压岁钱的，玩狮子、龙灯、采莲船、蚌壳精、送财神的，走马灯一样来来去去。

采莲船唱的是"采莲船来得快，恭喜老板把年拜"，真正的韵味在众多衬词中：哟哟，呀嗬咳之类，最有地域风情特色。玩狮子的一来总是气势逼人："我金狮，踏春风，踩祥云……"一般人家，也就是一包烟打发而已，富裕人家（或单位）还"挂红"，"红"是红布，用绳子系在堂屋中檩上，狮子得搭几张方桌才能够到。两人的狮子，须配合默契，有些功夫，稍有闪失，桌翻人落，不摔个半死才怪。玩狮人多是高手，不会出拐。取了"红"，满堂喝彩。而送财神的多为老者，所谓财神，一张红纸条，上有木雕财神的印戳，进门即唱："财神进门来，四季广招财……"财神印戳各不相同，像原始的木版画，是挺有价值的民间美术作品。

公安有"过年一个月"之说。过年过得乐不思蜀，正月请春客之俗颇盛。家家轮流请，吃了张家吃李家，日日酒宴，夜夜聚欢。公安人好客，也会吃，一个正月总是吃得满嘴流油，各家的菜都尝遍了。

以前，纵然有钱，也未必能买到一副猪蹄，一挂猪肠或者一条香烟。春节是走后门拉关系的激烈日子，食品公司的肉票，烟草公司的烟票，比现在的原始股还难弄。不仅如此，初二就得开门红，打着红旗往野外送肥。过年这个传统节日，变得缺滋少味。

十五的元宵还是应该算在年节上吧。元宵就是吃汤圆，全国一样，而老家的"赶毛狗"却值得一提。元宵之夜，田间地头，不约而同点起柘树枝叶，一同燃起，齐声吆喝，还有敲锣敲盆之声，煞是热闹。毛狗为何物，即毛虫也，为害庄稼的田蚕也。春至，蛰虫蠢蠢欲动，乡人必须将其驱逐出境，没有虫灾，庄稼茂盛，收成才好。于是，对未来一年人寿年丰的吉祥渴望，都在喊声中、火堆中显现出来。春节本来是农耕时代的节日，赶毛狗更有农耕特色。

　　写这篇小文的时候，在城市的一隅，我隐隐听到了赶毛狗的喊叫，故乡的人，在故乡辽阔的田野里，喊出了他们的忧虑，喊出了他们的希冀，喊出一年又一年的春之声。这些脸朝黄土，背朝青天的父老乡亲，你们的喊叫，你们点亮的熊熊大火，将能驱走一切邪秽，让土地生长出更加美满幸福的生活，让日子天天像过年一样。

铜钱与乡愁

中国历史上几千年的战乱，到处是离乡背井和迁徙的人，中国历史上还有无以数计的被流放、被充军、被下放、戍边，或者遍布世界各地被称作华侨、华裔的人……于是中国有了一种可怕的病叫"乡愁"。

我总认为我没多少这种乡愁，我的祖籍在江西的鄱阳湖边，我的出生地湖北公安，也渐渐觉得生疏了。除了我还讲一口地道的公安土话外，对那块土地已经没有什么眷念了。伴随着"乡愁"的有一剂药方，它叫作"随遇而安"。我认为我属于这类四海为家的人。

但是自打进入城市，我却数年来莫名其妙地梦着一个小镇，一个小镇的河边，一种铜钱。

这就是我的出生地黄金口镇，河叫虎渡河，该镇紧挨河边。这是一条向西流淌的河流，源头是长江，河尾是洞庭湖。在我出生时汽车还很稀少，因此河埠就显得很重要，货物的集散往往靠的是船。黄金口当年就是集散湘鄂两省货物的码头，因而热闹非凡，被誉为"小沙市"。

据老人们说，过去的虎渡河是一条小沟，两岸可以借火对烟锅，以后河滩崩圮，慢慢就成了一条大河。老人们的话绝对是可信的，从我记事起那河边就是一层层瓦砾，古老的青砖墙基倾圮向河中，毫无疑问，它们是岁月和洪水冲刷的结果。我母亲对我说过，河边原是十分热闹的，有一天晚上，河边有半条街垮到河里了，有十几家人家一夜之间不见了。河流吞噬以往的街道，留给我的记忆是：河边随手可拾锈蚀的铜钱和铜板。那时候这种东西太多，人们不足为奇。要拾都是拾完整的，锈蚀太厉害就没有人要了，当然，也没有谁去看它们的年代，拾到后，卖给收购门市部，往往一大把铜钱、铜板才能换两三毛钱。

大约在我8岁那年的秋天，有人取那些墙基的砖去做房子、砌猪栏，结果挖到了大量的铜板，一传十，十传百，镇上的小孩们便纷纷出动，到河边的瓦砾中挖铜板。铜板原来是如此之多，凡是挖到老墙基，翻开砖头就有一叠叠铜板（现在想起来，可能是源于盖房奠基时的某种风俗），我那时还小，又没有兄长，挖得算是少的，但一天可以挖50余枚。镇收购门市部在那个秋、冬季，至少收购铜板一两吨。这些收购来的铜板全放在一口黄桶中，黄桶比大水缸还大，每天我们卖铜板时，那个黄桶都是满的。当然，黄桶中还有些别的，也是铜，我挖到过一把铜壶，卖了不到5角钱。后来我把它演绎成一篇叫《铜壶》的小说。

现在的故乡小镇已经有些破败了，至少已不是我当年印象中的小镇。河滩还在，然而河流显得是那么的细小。前年的春节，被铜板的梦缠绕的我回到小镇，看那河边，异常安静，与我同龄的那代人似乎早就忘记了当年的那些铜板和河边，另一代人对河边也失去了兴趣，但我却多么渴望能悄悄独自一人拿起锹，到那儿的古老墙基下再挖上一次，像梦中每次见到的一样，得到那些藏在泥土瓦砾中的古币。可这一切都不可能了，我不会再去挖，我已是人到中年。

在城市，写作之余，我悄悄爱上了那些铜板与铜钱。每逢出差，凡有哪儿兜售钱币，总要买上一枚两枚。我也喜欢逛钱币市场。在我搜集的钱币中，没有一枚是罕物，都是大路货，但我异常喜欢，经常把它们拿出来一枚枚欣赏，一枚枚摩挲，韵味无穷。我想，我不会成为古币收藏家，我手中的那些钱币，不过是聊以解我的乡愁罢。

但是那些童年时代的钱币去了哪儿呢？化铜炉？或是进了我的梦里，永远地诱惑我，提醒我，折磨我。

永远的乡愁，永远的梦中。

通往县城的路

小时候我向往县城。第一次去县城，全是夜晚的感觉。夜晚的感觉是敏锐而长久的，也是深远的。

我们小镇黄金口没有煤，都是烧柴，烧柴除捡拾一些外，要靠买。烧柴比烧煤贵。但煤却不是很容易搞到的，它要计划。有一次我家弄到了一些煤票。当晚便把板车借到了，鸡叫头遍时，我便与母亲和姐姐拖着板车出门。缝纫社另一个女工和她的孩子与我们会合了，于是，两辆板车，五六个人便在深夜向通往县城的路走去。

那路是碎石路，两旁有高大的杨树。大人拖着我们，我们也有时下来换换手拖着空板车。在碎石路上行走着四野无人的夜路，大人们说着话，我们在板车上坐着看头顶的星星和路旁田野里黑魆魆的树影与偶尔出现的不知名的灯火（有时是鬼火），一种从未有过的新奇的感觉会突然使一个少年知晓人世的许多秘密与道理。

在四五里路的转弯地那儿，是车祸经常发生的地方，听大人说，这地方不是翻车，就是撞死了人。那时，汽车少得可怜，怎么会在公路撞死人呢？经过那个地段的时候，大人们说那地段不吉利，也有鬼气，于是在板车上的我们就听得浑身发紧，感觉敏锐异常，路旁的树影似乎就是鬼魂，城墙一样走也走不完，而身后的路上似乎也有鬼魂赶来。

在这种刺激的恐惧中走到了金猫口桥。这金猫口桥是黄金口与县城距离的平分线，桥头有几户人家，也无灯光。金猫口是孙夫人城遗址，孙夫人就是孙权的妹妹、刘备的夫人孙尚香。刘备驻守公安时与孙夫人感情疏离，孙夫人就在距县城七八里的地方住下来了，由刘备所筑，相当豪华，只是孙夫人太寂寞，每天抱着一只金色毛皮的猫打发时光，于是这儿便叫金猫口。就在孙夫人城的旁边，有一口大潭，叫金猫潭。大人们拉着板车又讲起古来，说旧社会大土匪岳纪常就经常在这金猫口拦路抢劫，来往行商被劫了，就绑去先挖了心肝，然后丢进金猫潭里。这潭里不知丢了多少死人，肝呢半夜就让人炒了，给他的小老婆下酒吃。

听到这里，我们更加恐惧，那恐惧不亚于鬼魂。害怕有土匪跳出来杀我们一刀,并剖腹挖心。再看大人告诉我们的那金猫潭,潭面在星空下如一面发白的镜子,近在咫尺。那潭里似乎会钻出一个冤魂或坛子鬼。

但是,与大人们在一起,这种恐惧并不是真正的恐惧,没有绝望感,只有安全感。恐惧与安全感结伴一起,会产生一种新的东西。

这样,步履快了,也就能在鸡叫五遍时进入县城。县城是有电灯的,有电灯就有路灯。街上尚未有行人,路边空旷。到了十字街头,就是一个巨大的荆江分洪的纪念碑。纪念碑四面都刻有毛主席的题词:"为了广大人民的利益,争取荆江分洪工程的胜利。"这题词都是用日光灯圈起来的。日光灯是如此之亮,镶嵌着纪念碑,给人一种高大、庄严,恍若神话宫殿的感觉。对没见过电灯的我,在电灯组成的纪念塔下,我四面都看着,不想离去,想着这县城人的生活,这雄伟的建筑,心中满是憧憬。

我无法忘怀那第一次去县城且看的是深夜的县城,至于是怎么去煤厂拖煤的,是怎么拖回的,我都忘了。只有那黑暗中的一口水潭,那两排城墙般走不完的路边可怕的树影,那众多日光灯烘托的纪念碑,留在了我的记忆里,时常回味着它们的神奇意义。

写作的另一半

我热爱行走，这是我写作的另一半。我特别喜欢山区，也喜欢平原。

我的喜欢对于一个生活在大城市且与乡村失去联系的人来说，是一个巨大的障碍。而且我还是一个特别"宅"的人。但是，我偏偏就喜欢在山乡行走。

在神农架，我冒着与人打交道的尴尬，挺身而出，在那儿找到了两位"走"友。山里实在危险，失踪于神农架的人不少，没有当地朋友的陪伴，你是无法深入到深山和森林中去的。在神农架，我的行囊中有两样东西，一是电筒，二是弹簧刀。这是行夜路和护身的必需品。另外什么打火机、维生素丸子、消炎药、活力碘、绑腿都是随身携带的。后来，朋友还送给我一个睡袋。但，我喜欢住在山区农民家里，听他们讲故事，睡袋用不上。

我喜欢在行走时记日记，但回到城市就不写了。每天在乡下，我能写到几千近万字的日记，这是一种不让自己偷懒的良好习惯。再怎么累，我的日记是一定要写完的。从早晨到晚上的最细微处我都要写下来，下雨、刮风、下雪、阴天，我要写得详详细细；农民家里的一切我也要全部记下来，每一个家里的感受不同，也得记下。这种对景物的强大描写能力，是我在乡下行走练成的。照片固然重要，但当时的许多闪念是要用文字记下的，否则稍纵即逝，永不再来。我对景物的描写自信来源于我的日记。而且我的观察能力也越来越敏锐。

说到在农民家住，碰到过许多好玩也不好玩的事。在神农架有脱鞋留客的习俗。去了客人，是一定要留你过一夜的。这是一种古老的待客之道。让你好吃好喝，还得过夜。如果你执意要走，就强行将你的鞋子脱掉藏起来，让你赤脚在他家。山路何等坎坷，石头扎人，没有鞋子不能走路，你就只好乖乖在他家过夜。碰上好的，脱你一只鞋，你也没办法。这是感受农民情感的最好时机。但是深山农民并不富裕，首先，为防虱子与跳蚤，必须脱光身子睡觉，衣裳要放离床很远。就算没有虱子，有一次我的身上爬满了一种苞谷虫，叫什么名字不知道，就是陈年苞谷里生的虫子。因为半夜痒得难受，打开电筒一看，床上全是这种虫子，放苞谷的木桶与床是挨着的。毛巾是自带的，但盆子不能带，只能洗山民的。有一次去山里几天，回来发现脚丫奇痒，一细看，脚丫全烂了，患上了脚气病。

但是得到的比失去的多，他们会给你讲故事，这种"围炉夜话"（他们自己生的火塘），可能比外祖母的故事更精彩。我的小说大多是在这种深山里的"夜话"中得到的灵感，小说肯定会带有深山老林的气味。

我还在神农架最高峰的瞭望塔里睡过，是为了感受一种近似洪荒中的心境。在这样的夜里，我看到了世界上最繁华拥挤的星空，看到了最明亮清晰的银河。半夜出去小解（因塔内无厕所），感受到了那种最深的恐惧、空旷、寂静、荒凉、无我和无他，那种伟大的夜晚里我的心灵与天地相合的暖流。这种心境肯定不是其他作家能够得到并可以享有的。这是一种奢侈，但必须付出代价。

在深山老林里行走还要冒着生命危险，这是不言而喻的。我曾经迷过两次路，一次遇到过坏人，但好在，我有"走友"，而且我们的运气不错。

前几年我在荆州挂职，我也是要求在许多乡镇住，有的住一星期。也住村里农民家。我同样在夜半故意去田间地头行走，像个游魂一样，带着恐惧和惊喜。像小时候夜里跟大人一起去抓鳝鱼、捉青蛙、踩乌龟、逮獾子、打鸟。这种自虐式的行走，让我体验了许多写作时会遇到的盲区。如春天的田野，夏夜的村庄，秋天的收割，冬日的湖区，其实是在寻找我青少年的记忆。自到了城里，我已经完全对此陌生了。我想重新当一回农民，重新回到儿时和少年时光。这个愿望满足了。往来路上寻找，会发现你丢失了太多的东西，但都可以全部找回来。这种连土豪也不能享受的乡村行走和生活，是我因为远离文学而得到的。有时候，因为你的远离文学，你才会得到文学。

不仅是行走，我的采访也很有意思。我会有很多的时候摆脱他人的跟踪监视去采访一个人，因为我的关注可能不是当地政府喜欢的，但我就是对那些可能要让当地人麻烦的事件感兴趣。这种时候我不要"走友"，我会体验一个"地下党"的惊险。对采访，我有许多自己摸索的技巧，知道怎么对付那些形形色色对你横扒竖挡的人，知道怎么到生活的最前线，冒着"敌人"的炮火前进。

我在乡间行走时，当过家庭矛盾的调解员、阻止过暴行、为农民和劳改犯求过情、当过信访办接待员。参加过生日宴、婚礼与丧礼，与乡村学校（比如只有一个残疾老师的学校）的孩子们上过课，玩过老鹰抓小鸡的游戏。还在微博上发起了对那所只有一个老师的乡村小学的捐助。

我的书房里也因此有了深山老林和田野乡间的气息，有百年老猎枪，有老人烟袋，有捡回的石头，有枯荷与镰刀，有斗笠，有老墙的砖瓦，有谷穗，有用刚采摘的新棉在村里弹的数床被子，还有许多植物。我存有大量植物瓜果的种子。我有一嗜好是在乡村小店买种子。存放种子的人是有福的，与土地和季节保持着某种神秘的联系。过去我住一楼，有地方种神农架的植物，现在上了楼，我会每年种一点，用大花钵。把田野的小景搬到花钵里，这是对乡村的敬奉。

在 书 房

在书房。这是一件美妙的事情。无需红袖添香，只爱夜雨秋灯。这是一种嗜好，一种心境。一本书，一个夜晚。春夜冬夜都行，我的书房四季如春。各种各样的书都想翻一翻，各种质地，是一种旧癖。书房可能是我们的另一个枕头，另一种休憩的卧榻。我自己，我是将书房当作我的乡土的。我的灵魂长期在求食生涯中游荡，不得安宁。电话、短信、邮件……也不知道为什么在这个十分陌生的地方（城市吧）被许多人盯上了，而且还得身不由己地回答，生怕怠慢了人家。太累。即便像我这样完全不喜交际，非常被动生活的人，也是有这么多"骚扰"。唉，躲进书房，就躲进了故乡。再俗一点说，就躲进了母亲的子宫。徜徉，栽种，都行。假设有乡有土，假设在那儿种瓜得瓜，或种瓜得豆，或者干脆是荒年。再假设在那些书里稿纸里，闻到了从小熟悉的气味，那是太好了。没有的,自己想象呗,创造呗。书房成了我的农场,偷他人的菜,种自己的菜。有自己的种子,有他人的种子。人退守、退守……最后书房成了唯一的堡垒,在那里苟延残喘,负隅顽抗。或者修身养性、自得其乐。人的一生是一个不断退守的过程,也是丢盔卸甲的过程。剩下的东西不多了,你钟爱的,总是保守在最后。几本破旧的书,在淘汰和搬迁的不停折腾中,什么都丢弃了,最后竟让这些不停地打捆,不停地拆开,为怎样捆得结实不至散落而耗尽心机,耗尽力气的书,为找很多理由不至扔掉、说服自己是有价值的书,积积攒攒组成了如今一个庞大辉煌的书房,让它成为我们心灵的据点。书有自己写的,也有别人写的。拥有这么多,你坐着,欣赏着,巡视着,就像一个财主数钱。哦,很好,这很好,这太好了。我是这个房子的主人。要拥有一间这样的房子,我梦寐以求的,就是要拥有这么一间以书籍隔绝世界的城堡。这些四处搜集来的"砖头",砌猪圈的,砌皇宫的,砌虚荣的、遮羞的、掩罪的、化妆的、卖笑的、献媚的、说谎的"砖头"——书,词语,跟随我颠沛流离,千里迁徙,不离不弃,称得上伟大爱情的典范。是的,这些书。这些疲倦的、陈旧的、进入历史的书，这些文字，这些思想，这些过时迂腐的说辞，这些古人的智慧和经验，经过我摆放，很漂亮了，装饰了最为靓丽的柜子，打上灯，再配之以世界各地搜集来的饰物、纪念品、宗教的器物，非常有形了，像一个人，一个帅哥，一个有档次和身份的人。我们这些人，这些所谓的读书人，要像保存江湖秘籍和传世家谱一样，精心地保护它们，穿过千山万水，越过荆棘荒原。这些书，是我们的命根子。

本不是书香门第，却爱耕读传家。我的父亲很愚笨，是个文盲；我的母亲很聪明，也是个文盲。但他们再难再苦也要保证我读书。他们说：养儿不读书，只当养头猪。我因此读着读着，读成如今这副迂蠢模样。对这个社会的一切不再有兴趣，甚至嘲笑官员和商人，认为他们不读书没书房是怎么活的？有什么意义？也嘲笑那些把书房当作出征前夜的厉害角色，也弄了一些文字，却四处招摇。书房是他们隐秘的制造假冒伪劣产品的不义之地。对他们，没有退守一说，人生永远是进攻，进攻，人生就是攻城略地，攫取名利的疯狂竞赛，书是旗帜、幌子也是盾牌。书房是虎帐倚枪，硝烟弥漫。踏着他人的鲜血，满足自己的野心。

我的书房里当然是好书。至少有三百本是我特别喜欢的书。也可能只有三本是我至爱的书。有时候，常常，非常安静，非常快速地安静下来。因为那些书，那些高人写的文字，就像他们亲自陪伴着你，看着你。要跟他们一样调整呼吸。要学他们的做派。这是无声的榜样。这些有好文字也有好为人的高手，就是在教你怎么生活和写作，写什么样的？有什么招式？有什么追求？你认为是最好的文字，你就要写最好的文字，不降低标准，不投降，不屈服。学着他们。师父就在书柜里，我是放在桌子上的。每天让自己受折磨。让他嘲笑你的文字，鄙视你的笔力。"你不配！"他们说。伟大的文字，我是要乞求的，请你们再等一下我，我行。请让我学着你们的笔，进入你们的云端。有的书沉，有的轻，有的竖着寒光闪闪的刃口，不小心会划伤我们，包括心。但被我摩挲多年的书，残了页，封面也软弱无力，皱皱巴巴的像个老人。我会时常翻开它变黄变脆的书页。它里面的思想和智慧越来越深邃，越来越亮堂，越来越亲切，也越来越苍老。他知道我："你也想写一本这样的书？"是的，我是这么想的。我渴望。我发誓。我攒着劲。因为，我几十年与你们为伍，我拜你们为师，我琢磨着你们，与你们同呼吸共命运。那一柜子我写的书都不过是垃圾，我只想写一本，靠近你们的书。模样儿有点像，说话的口气，方式，架势，狠狠的倾泻，幽默，大度，结构，小文章，大体积。不狂，不躁，随意，心口一致，本色，高不可攀的微笑和优雅……

在书房。我知道我要敬业，要吃苦耐劳，要忘掉一切。没有那么容易的事情。一本穿越历史、时间和国界的书，到达一个你喜欢的人的手中，会要一百年，或者五百年，一千年。还要让别人珍藏，更是太难太难了。不要理会那些不喜欢你的人。全心全意地为你喜欢的人写作。或者，这个人还没出生也不要紧。在很远很远的地方，一个人珍藏着你的书，你要爱她。是的，你只爱她。

油 菜 花

到处充斥着凶猛的油菜花香……这漫天黄花正肥劲……

最早在花海中穿行的不一定是那个播种人,他更不会惊叹这里发生的壮观花事。我在某个春意初暖的日子被亢奋和暗示推搡着,误入这条几乎挤攘得看不见的阡陌。我被蜜蜂轰出来。两旁竟有这样盛大的花潮,简直要把我卷走,吞噬。我坚信,我与它们不属于同一个时空,因为我(也许还有更多人),太过单调无聊,没有这样的丰仪瑰玮,对这个春天了无贡献,做人枯燥无趣,阴盛阳衰,不配与它们为伍。河流在曲折地奔流,一路掠过春天的髻鬟。平原太阳如炬,油菜花的潮水已经湮没桃李的矫情。没有多余的庄稼与杂草,这是霸气王者之天下,不可与他人分享。我估摸着许多人,没有任何道理与它们相逢,几无讨好和谄媚的资格。让他们待在原地吧，让他们和油菜花老死不相往来。一个在虚构中捉弄语言的人，在文字里像吝啬鬼一样算计，这些田野上热气腾腾的生灵与你们何干？宏大的叙事，蜂鸣和花。愈往前，阵势愈大，哪来的一场海天盛筵？谁让它们盛装华服，花雨纷飞？谁让它们琼浆玉液，芳菲缠绵？谁让它们龠舞笙鼓，举醻逸逸？

花的香味惊起如雀羽，扑棱棱的，带着扇动的潮湿，空中似乎飞翔着无数条金蛇，侵入你的呼吸，让你窒息。一个花粉过敏者被花粉治愈了。这是有可能的。在花海中不请自来的仃客，把臃肿的衣裳扔向天空，这是解开身体放荡最朴实的理由。

我挣脱了为争看几株樱花的拥挤，仅仅是局促内心的人，同时可以置身于一个用亿万支花朵装扮的花事大典，成为唯一的检阅者。在汉江和长江的两岸，被浪抹平的广大的江滩，从碧绿的江水倒影里，看到油菜花的火把在两岸肆无忌惮地燃烧。这场野火的发起者怀有狂喜的童真，他将焚烧掉冬天无缘无故带来的全部绝望与晦气。有可能，顺着逶迤的江水，一直把这近乎淫荡的黄抹到你的窗前。谁的家正好在这里？掸掉一襟花袖，谁正在花间酒气地抚琴默坐，或者抱膝长吟？为一种香，爱一个人。为某个月份，不惜背叛所有的年纪。为表达一朵花，不惜毁掉一生的名节。

这花粉的播撒是绑在阳光上的箭，射向毛茸茸的大地。难道布满天空的花，只为唤醒一首陈诗和一个理屈词穷精神恍惚的诗人？一个蛰伏在每人心底的秘密，一个被理智和隐忍碾得发扁的愿望，许多时候，我们没有机会表白和参与。点燃火把，纵身跃向春天的堑壕。我想问，那些疯子一样的盗蜜者，那些蜂子，是从哪儿偷袭过来的？仿佛，它们已经窥伺了几个世纪，重兵集结，把所有的蜜，抢回它们的箱箧中。

我不能被这些花灼伤眼睛。我的双眼只适应在森冷的书房和单调昏暗的光线里，像一只书蠹在暗无天日的文字深处，吮吸那些昨日纸浆的水分。无法嚅饮这样的美酒。熏风漫卷，被你绑架。我害怕再有僭越之心，无法撑到花谢之日。

所有的村庄都在沦陷，雀巢向高枝逃窜，这个季节，一样的命运。风摇荡着它们的时候，所有花粉的烟雾冲向天空，人、鸟羽、村庄、道路，呛在整个黄色的香霾之中。

一些蜜蜂醉倒在花丛。我不知道它们的梦，但它们的爪子上，沾着裹好的花粉团。田埂上返青的苦苣、灯盏草，茂密的野韭菜、野芹菜、地米菜，都被那些饕餮的寻芳者拿下。一些野绿，一些野红，一些野白，比如一株桃，一株杏，并不比人和村庄更寂寞。

每一个撞入此地的人，不再相信别人所说的春天。那些关于春天的字眼早已孱弱无力，犹如哄骗。就算到了春分，书上已经莺飞草长，大雁群来，寒木初芽，花团锦簇，但许多人心中依然冬声袅袅，如果，你不遭到野外迢迢陌路的牵绊。我踏着枯草，到处是干爽的田垄。假装走亲串戚的一员。远处白墙依依的村庄，仿佛是我的家。仿佛，我在这里背过锄头。或者在这里，闹过革命。仿佛，我是故人，有着很深的乡愁。这片土地的密码，在我脚步的丈量和手指无所事事的拨拉中。

那些从未被我们歌颂和看重的地方，野草和油菜花生长了一千年。小南风将对这一切不理不睬，懒洋洋地往别处走去。也就是从这个村，到那个村。从这条河流，到那条河流。

我坐在油菜花原野的尽头，听着蜜蜂的嚷鸣。我是大地的一分子。我不爱凭空冥想，只喜盘坐田头。世界多大无所谓，追花夺蜜，随波逐流，与这农耕时代的金粉世家，浪迹天涯。